KB180394

궁금한 건 당신

초판 1쇄 발행 2023년 6월 22일
초판 3쇄 발행 2024년 12월 31일

지은이 정성은

펴낸곳 ㈜안온북스 펴낸이 서효인·이정미 출판등록 2021년 1월 5일 제2021-000003호
주소 서울 마포구 월드컵로14길 28 301호 홈페이지 www.anonbooks.net
인스타그램 @anonbooks_publishing 디자인 이지선 제작 제이오

ISBN 979-11-92638-15-7(03810)

궁금한 건 당신

궁금한 건 당신

정성은 대화 산문집

아온

프롤로그

당신이 궁금해서

사랑이 이루어지지 않은 건 참 좋은 일 같다. 덕분에 많은 글을 썼다. 연인이 있었더라면 그 사람 귓가에 속삭이느라 다 날아갔을 텐데. "무슨 생각을 하고 계신가요?" 물어봐주는 건 페이스북뿐이어서 부끄러운 줄도 모르고 거기에 속마음을 드러내던 어느 날, 한 통의 전화를 받았다. "혹시 신문에 글 한번 써볼래요?" 나의 이야기에 가끔 '좋아요'를 눌러주던 기자님이었다. "아직 확정은 아니고요, 2030의 이야기를 들려줄 필진을 찾고 있어요. 그런데 성은 씨 직업이 뭐죠?" "저…… 백수요."

대학을 졸업하고 다큐멘터리 외주제작사에 10개월 다니다, 도망치듯 문화인류학과 대학원에 들어갔다가, 한 학기 다니고선 정규직 PD의 미련을 못 버리고 언론고시판을 어슬렁거리던 때였다. 기자님은 곤란해했다. "필진을 백수라고 소개할 순 없는데…… 그런데 성은 씨 맨날 뭐 하지 않아요?"

그랬다. 나는 늘 뭔가를 했다. 언론고시 준비생으로서 상식을 외우거나(평창 동계올림픽 마스코트 이름은 무엇인가?), 글쓰기 연습을 했고('내로남불'을 주제로 작문하시오), 30군데 정도 자기소개서를 냈다. 나름의 경제활동을 하기도 했는데, 주로 돈을 받고 영상을 제작해주는 일이었다. 나는 스스로에게 직업을 만들어주기로 했다.

'기획부터 촬영, 편집까지 혼자 다 하는 사람을 뭐라고 하나요?' 인터넷에 찾아보니 그런 사람을 'VJ(비디오 저널리스트)'라고 했다. 그걸로 정했다. "기자님, 저 직업이 생겼습니다. VJ라고 해주세요."

그렇게 신문에 칼럼을 연재하게 되었고, 나의 일상은 글이 되었다. 하지만 취업이 힘들다는 이야기도 한두 번이어야지. 새로운 소재가 필요했다. 소재를 찾다 버릇이 생겼다. 낯선 사람의 번호를 따는 것이다. 처음은 택시에서였다. 우연히 기사님과 얘기를 나누게 됐는데 어찌나 말을 잘하시던지, 도착할 즈음엔 조바심이 날 정도였다. "그래서 결론이 어떻게 됐는데요? 저 1분 뒤에 도착하는데 빨리요!" 술에 취한 젊은 남성에게 맞은 이야기부터, 손님이 흘리고 간 100만 원에 갈등한 이야기까지. 그날 처음으로 택시기사의 고충을 실감했다. "학생, 들어줘서 고마워. 내가 글재주만 있었어도 책 한 권은 썼을 거야." "기사님, 저 글재주 있어요. 제가 도와드릴게요!" "응……?"

막상 기사님께 나를 소개하려니 말문이 막혔다. 언론사 기자나 방송국 PD라면 설명하기가 참 쉬울 텐데, 소속이 없으니 애매했다. 하지만 일단 말했다. "제가 아직 뚜렷하게 뭐가 된 사람은 아닌데요. 기사님 덕에 오늘 새로운 세계를 알게 돼서, 다른 사람들에게도 이 이야기를 해주고 싶어요! 언젠가 기사님을 인터뷰하고 싶은데, 혹시 번호 좀 주실 수 있을까요?"

기사님은 흔쾌히 번호를 주었다. "영광이지. 나 같은 사람이 인터뷰도 하고, 고마워!" 그런데 자꾸 기사님이 마지막에

한 말이 맴돌았다. 나 같은 사람.

발언권을 표하는 사람 중에 택시기사는 없었던 것 같다. 신문에 글을 쓰는 사람들의 직업을 살펴봤지만 대부분 교수나 화이트칼라 직종이었다. 은퇴 생활자나 가사도우미 같은 직업은 없었다. 그러한 타이틀로는 발언권을 획득할 수 없는 걸까? 다양한 사람이 발언권을 가질 수 있도록 돕는 것. 운 좋게 발언권을 얻은 백수가 해야 할 일이라는 생각이 들었다. 쌓여가는 번호를 보며 새삼 다짐했다.

《궁금한 건 당신》은 삶에서 스치듯 마주한 사람들과 나눈 대화를 바탕으로 한 대화 산문집이다. 길을 가다 마주친 사람들, 오랜 친구였던 누군가, 소문으로만 듣던 사람, 반한 사람, 돈을 내고 고용한 사람, 관심 없어 모르고 지나칠 뻔한 사람 등등. 이 책은 그 기록의 결과물이지만, 어쩌면 약간의 상상이 묻어 있는지 모른다. 누군가의 입에서 나온 말이 완벽한 진실일 수는 없을 테지만 어떤 예술은 사실이 아닌 걸 적어냄으로써 진실을 전달하기도 한다.

내가 이 모험, 그러니까 나와 별 인연이 없는 세상의 이야기를 담아낼 수 있을지 반신반의할 때 우연히 오래전 일기장에 남긴 글을 보았다.

> 요즘 내가 부리는 가장 큰 사치는 핸드폰 안 들고 밖에 나가기다. 발길 닿는 대로 걷고, 생각나는 대로 떠올리며 '아 웃기네' 키득거리는 시간이 소중하다. 무엇보다 그 과정에서 인류애가 샘솟는다. 카페 창문 너머 흔들리는 나뭇잎의 움직임이나 버스 앞자리 사람의 뒤통수에

비친 햇살을 바라보고 있으면, 모든 사람이 저마다 고유의 아름다움이 있고 나는 그걸 발견하러 온 관찰자라는 사명감이 든다.

한때는 이야기를 지어내는 사람이 되고 싶었다. 하지만 집 밖을 나가니 사람들이 주옥같은 말을 하고 있었다. 그것들을 받아적으며 세상이 더욱 궁금해졌다. 사랑하지 않으면, 궁금한 일조차 없을지 모른다. 이 책이 사랑이 이루어지는 공간이길 바란다. 그럴수록 우리는 서로를 더욱 궁금해할 테니.

차례

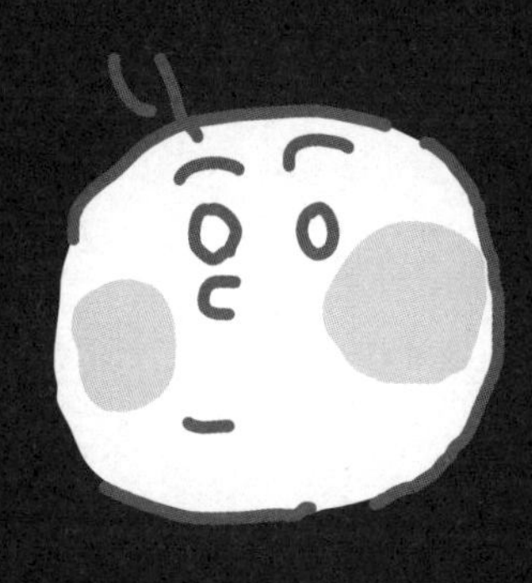

1부
다 주고 싶은 마음

부모는 다 그래

택시기사 김설문(가명)

택시를 자주 타는 편이다. 서른세 살 프리랜서인 나는 늘 피곤하고 마음에 여유가 없다. 그날도 비가 내린다는 핑계로 택시를 탔다. 차창에 기대 눈 좀 붙이려는데 기사님이 말을 걸었다.

김설문 아가씨는 혹시 만나는 사람 있어요?

없다.

김설문 그럼 뭐 하나 물어봐도 돼요?

그러시라 했다.

김설문 혹시 아가씨가 만나는 남자의 아빠가 택시기사면 어떨 것 같아요?

이거 혹시 며느리 테스트? 나는 만약의 상황에 대비해 대답했다.

정성은 완전 땡큐죠. 저 만날 택시 타는데.

기사님은 고민을 털어놓았다. 그에겐 아들이 있었다. 평생 부모한테 말대꾸 한번 한 적 없는 착한 애라고 했다. 20대 중반이 되고 여학생과 연애를 시작했다. 5년 정도 사귀었나. 예전엔 같이 놀러도 오고 했는데 요즘 뜸한 것 같아 물어보니 헤어졌단다. 이유를 몰랐는데 어느 날 아내가 그러더라. 아가씨 집안이 좋은데 내가 택시를 해서 그쪽 집에서 반대한 거 같다고. "그 친구가 방배동 살거든." "기사님, 방배동 산다고 다 부자 아닌 거 아시죠?" 나는 논현동 사는 친구에게서 들은 말을 했다.

김설문 맞아. 그렇긴 한데 그냥, 미안하더라고 자식한테. 내가 건물주고 그랬으면 그렇게 헤어졌겠나 싶어서.

답답했다. 내가 아는 한 여자는 그런 이유로 헤어지지 않는다.

정성은 제가 확신하건대, 헤어진 이유가 그것 때문은 아닐 거예요.

김설문 그렇겠죠? 여자애가 참 착했어. 나도 두세 번 만났거든. 일부러 먼저 만나자고 하는 애였는데.

정성은 선생님 아들은 결혼하고 싶어 했어요?

김설문 아마도? 나이도 서른이 넘었고…….

정성은 아무리 착한 아들이라고 해도 여자친구에겐 확신을 못 주었을 수 있죠. 그리고 개인택시면 평생 돈 벌잖아요. 일하고 싶을 때, 일한 만큼 버는 거, 저는 부럽기만 한걸요.

김설문 그런가요? 내가 못살았지만, 도둑질 한 번 안 하고 누가 10원 하나 보태준 것 없이 여기까지 온 거면, 잘 살아왔다고 생각했거든요. 이거 하기 전엔 고속버스를 20년 했어요. 자식들 학자금 걱정은 덜었죠. 지금은 목동에 32평 아파트 살아요.

이런 식의 반전이라니……

정성은 ……네? 아니, 아저씨 부자네요! 좋으시겠다. 목동에 아파트는 언제 사셨어요?

김설문 은행 빚을 졌죠. 오래됐어요. 4억 2천 할 때 샀어.

정성은 지금은 한 20억 하겠다.

김설문 16억.

정성은 아파트값이 너무 올랐는데, 유주택자 부모로서 어때요? 집값이 오른 건 그래도 아저씨에게 좋은 일이니까.

김설문 그래도 자식 있는 사람으로선 막막하지. 몇 년 전부터 자식 집 해주려고 매달 100만 원씩 적금 들고 있어. 나 택시 하고, 아내는 요양 보호사 하거든.

정성은 네?

김설문 아들 결혼하면 집을 해줘야 하니…….

정성은 요즘 같은 세상에 결혼한다고 집 한 채를 어떻게 해주나요? 아이고…….

며칠 전 화장실 청소를 도와주러 오셨던 50대 부부가 생각났다. 그 집도 다 큰 자식들 뒷바라지하느라 쎄빠지더만. 부모들은 왜 이럴까? 심지어 기사님 아들은 서른 살이 되도록 집에서 먹고 자고 회사 다니면서 부모님께 용돈 한 번 안 드렸다 한다.

김설문 나도 고지식한 사람은 아닌데요. 아가씨가 결혼해서 부모가 되어보면 알아요. 자식은 커도 자식이에요. 내색은 안 해도, 항상 모자라. 늘 내 자식은 부족한 것 같고…… 엄마 아빠 죽고 나면 저놈 어찌 살려나…… 뭐라도 해주고 싶고. 마누라랑 늘 말해요. 우리 힘들어도 애들 결혼할 때까지만 일하고, 좀 쉬자고.

듣는데 열불이 났다.

정성은 아니, 지금 쉬세요! 100만 원씩 모으지 말고 그 돈으로 맛있는 거 사드세요! 여행도 가고, 오마카세도 사 먹고!

김설문 오막……카?

정성은 비싸고 조금 나오는 음식 있어요!

김설문 안 먹어도 돼 그런 거. 근데 아가씨 부모님도 그럴걸?

정성은 ……맞아요. 저희 부모님도 마음은 그런 것 같았어요. 제 동생이 어리거든요. 고등학교 내내 아침에 차로 데려다주고, 재수할 때도 그랬어요. 그런데도 만날 지각했어요. 그래서 말했죠. 부모가 자꾸 저렇게 해주니까 애가 정신을 못 차리고 나태해지는 거라고.

김설문 맞아요. 그것도 맞는데, 부모 머릿속엔 '나태' 이런 게 잘 없어요.

정성은 왜 없어요?

김설문 자식이니까. 지금 내가 백날 얘기해도 소용없을 거예요. 나도 젊을 땐 저 알아서 하겠지, 하며 내버려두고 싶은 마음도 컸어요. 근데 자식이 그렇게 되는 걸 못 보겠는 거야! 부모이기 때문에.

정성은 그런데 자식 키우다 보면 좋을 때도 있지만 미울 때도 많지 않나요? 베푼 만큼 안 돌아오는 건 기본이고, 어떤 생각하고 사는지도 잘 모르잖아요. 집에 오면 말도 안 하고 뚱해 있고. 그런데도 잘해주고 싶어요?

김설문 아가씨. 지금 이야기 참 잘했어요.

그러더니 기사님은 아들 욕을 시작했다.

김설문 자식 놈 낳아놔도 말대꾸나 하고(아까는 말대꾸 한 번 한 적 없다고 했는데……), 뭐 하고 지내는지 얘기도 안 해주고……. 그래도 부모는 그 자리에서는 화가 나도 돌아서면 잊어버려. 왜 그런지 알아요? 딱 네 글자, 부모니까. 자식 나태해지는 거? 맞아요. 부모도 알지. 애들 꽉 잡아서 정신 차리게 하는 거, 하기 싫어서 안 하는 게 아니에요. 잘하겠지. 이제는 잘하겠지. 오늘은 이랬지만 내일은 잘하겠지. 그런 마음인 거예요. 부모는 못 해준 것만 생각나. 아가씨도 언젠가는 이 마음 알 거예요.

그 얘기를 듣는데 나도 모르게 눈물이 났다.

정성은 기사님 저 울어요.

김설문 아니, 아가씨가 우니 나도 눈물이 나네.

서로 들어줘서 고맙다, 말해줘서 고맙다, 하고 택시에서 내렸다. 문을 닫으려는데 아저씨가 마지막으로 말했다.

김설문 그러니까 혹시 부모가 상처 주는 말 해도 너무 마음에 담아두지 말아요.

그 말에 햇살로 목욕한 기분이 들었다. 때마침 오던 비도 그쳐 하늘은 맑게 개어 있었다.

견뎌내는 것

코네티컷 공인중개사 지상아

뉴욕에서 살 거라 말하고 다닌 적이 있다. 영어도 못 하고, 미국에 가본 적도 없지만, 입 밖으로 꺼내면 이루어지기도 하니까. 하지만 코로나가 터지고, 30대 중반에 접어들게 되면서 딱히 갈 이유가 없어졌다. 여기의 삶도 편한데 굳이? 가서 내가 뭘 한다고. 그러던 어느 날, 사촌들이 있는 단톡방에 알림이 울렸다.

"자자, 주목. 우리 언니가 회사 다니면서 미국 대학원 시험에 붙었어요. 축하해주세요!"

갑작스러운 소식에 단톡방이 불타올랐다.

"뭐야? 언제 준비했어?"

"학비랑 생활비는?"

"언니의 인생 설계에 남자는 없어?"

정 씨 집안에서는 찾기 힘든 글로벌마인드였다. "혹시 나랑 미국에서 살 사람? 뉴욕에서 차로 30분 거리인 코네티컷 주야. 재택 근무 되면 가자!" 문득 지금이 아니면 기회가 없을 거란 생각이 들었다.

"나 갈게."

"진심?"

"어!"

그래서 미국에 왔다. 그리고 매일 낯선 사람들을 만났다. 그중 코네티컷에서 부동산중개업을 하는 50대 한국인 여성 지상아 님은 낯섦과 익숙함을 동시에 가진 인물이었다. 먼저 메일을 보냈다.

안녕하세요. 지상아 선생님.
저는 한국에서 온 정성은이라고 합니다.
제가 연락드린 이유는 아쉽게도 매물을 구하려는 건 아니고요.
미국에 계시는 한국분들은 어떻게 사시는지, 궁금하던 참에 페이스북에 코네티컷을 검색하니까 선생님 동영상이 나왔어요.
저는 여기 와서 영어로 소통하기도 벅찬데 부동산중개업을 하시다니 대단하시기도 하고 오랫동안 이 일을 하면서 정말 많은 일을 겪으셨을 것 같아요.
혹시 시간과 마음의 여유가 되신다면, 선생님이 살아온 얘기, 요즘 하시는 고민 등에 대해 저와 커피 한잔하며 이야기해주실 수 있을까요?

나흘 뒤 답을 받았다.

안녕하세요. 반갑습니다. 전화 주세요.

나는 한 시간 기차를 타고 선생님은 30분 운전을 해서, 예일대가 있는 코네티컷 뉴헤이븐 기차역에서 만났다. 우리는 첫눈에 서로를 알아보았다. 차 안엔 운전하면서도 먹을 수 있는 에너지바가 많았다. 예일대 박물관의 그림 앞에 앉아 이야기를 시작했다.

지상아 86학번이에요. 늙었죠?

정성은 전혀요. 아름다우세요.

지상아 차를 타고 오면서 무슨 얘기를 해드려야 하나 생각했어요.

정성은 어떤 얘기든 좋아요. 처음 이곳에 어떻게 오셨어요?

대학에서 심리학을 전공한 상아는 항상 일하고 싶은 사람이었다. 당시 여성에게 주어지는 사무직은 주로 비서였다. 외국계 회사에서 고위직 비서까지 되었지만, 한계가 있었고 답답하던 차에 캐나다로 휴가를 떠났다.

지상아 정말 거기 살고 싶다는 느낌이 들더라고요. 대학에 프로그램이 없나 알아봤죠. 아카데믹한 것 말고, 퍼블릭한 자격증을 땄어요. 여기저기 문을 두드렸죠. 일 좀 달라고. 그러던 중에 당시 남자친구(프랑스계 캐나다인)와 결혼해 아이를 낳았고, 미국에서 남편에게 오퍼가 들어와 2000년대에 코네티컷으로 왔어요.

그녀는 아이를 키운 시절을 '안일하게 살았다'고 표현했다.

여러 번 그 표현을 쓰길래 그렇게 말하지 않아도 된다고 하자 정정했다. '지루했다'로.

지상아 두 아들을 키우면서, 학교에 자원봉사 일을 오래 했어요. 학부모회도 열심히 하고 보조교사도 했죠. 그러다 학교에 비서 자리가 났어요. 지원했는데 인터뷰 기회조차 안 주는 거예요. 속상해서 따졌죠. 내가 9년 동안 학교 일을 얼마나 도왔는데, 어떻게 기회도 안 줄 수가 있느냐고. 외국인이라서 그러냐고. 하지만 인종차별보다 내게 전문성이 없다는 자각이 더 힘들었어요.

정성은 그때 나이가 어떻게 되셨어요?

지상아 40대 중후반이요. 그래서 생각했죠. 지금 내가 할 수 있는 것 중에 가장 전문성을 가질 수 있는 게 뭐가 있을까? 공인중개사가 떠올랐어요. 그런데 시험을 봐야 하잖아요? 덜덜 떨렸죠. 떨어지면 창피하니까. 하지만 또 못할 일은 아니었어요. 60시간 수업 듣고, 주에서 하는 시험 보고.

정성은 대단하세요.

지상아 그렇게 공인중개사가 되었어요. 큰 부동산 회사에 고용된 개인사업자 개념이었죠. 보험도 안 되고 수수료도 떼가지만, 일한 만큼 버는. 그런데 1년 넘게 집을 하나도 못 팔았어요. 애들 키우다가 비즈니스를 시작하려니 자신감도 없었죠.

몇 억짜리 집을 누가 저같이 경험 없는 사람에게 주겠어요. 여기 부동산 구매 과정은 길고 복잡하거든요. 집을 파는 '셀러'가 있고, 집을 사는 '바이어'가 있고, 은행, 변호사 등이 있어요. 그 중심에 공인중개사가 있죠. 그러다 2년 만에 처음 집을 팔았어요. 학부모회에서 만난 분의 오빠가 첫 손님이 됐죠. 이후 조금씩 소문이 났어요. 상아가 집을 판다더라. 일을 잘한다더라. 한번은 마음이 참 아팠던 날이 있었어요. 사무실에 있으면 전화가 자주 와요. 나 집 팔고 싶다. 사고 싶다. 그런데 제가 아무래도 악센트가 있잖아요. 헬로우만 해도. 그러니까 그 백인 남성이 차가운 말투로 I know you very nice. But I want to talk somebody to else. 이러는 거예요. 너 말고 다른 사람 바꾸라고. 어쩌겠어요. I get it. 알겠다고 했죠. 지금 같았으면 받아쳤을 텐데…….

정성은 지금이라면 어떻게 말할 수 있죠?

지상아 I am also a licensed realtor in Connecticut. 나도 라이센스가 있는 전문적인 중개사라고. 혹은 굿 럭, 하며 받아치겠죠.

정성은 어제 동네에서 만난 남자애도 여기 살면서 받아치지 못한 여러 순간이 자꾸 생각난다 했어요. 이방인으로 지내면 어쩔 수 없는 걸까요.

지상아 흑인 여성 최초로 미국 연방대법관으로 지명된 케탄지 브라운 잭슨(Ketanji Brown Jackson) 인사청문회 영상 봤나요? 자신에 대해 의심하고 있을 젊은 친구들에게 해주고 싶은 말이 있냐고 묻자, 잭슨 판사가 이런 얘기를 해요. 자신은 플로리다의 공립학교에 다니면서 토론 대회에 나가기 전까진 하버드에 갈 줄 몰랐대요. 그런데 갑자기 입학하게 됐고, 대학 캠퍼스에 가니 자기가 살아왔던 세상과 너무 달랐던 거죠. 다들 잘나고, 부자고, 백인이고, 똑똑하고. 내가 여기에 어울릴 수 있을까? 속할 수나 있을까? 풀이 죽어 걷고 있는데, 건너편 인도에서 흑인 할머니가 그 표정을 봤나 봐요. 자신을 스쳐 지나갈 때 몸을 숙여 이렇게 말했대요. "Persevere." 견뎌내는 거라고.

순간 우리는 숨을 죽이며 잠시 눈을 마주쳤다.

지상아 그런 일을 겪고 나면 전화 받는 게 더 창피할 것 같잖아요? 그런데 저는 더 나갔어요. 열심히 전화를 받고는 못 알아들으면 너의 problem, 네 문제라고. You need to figure out.

정성은 그게 무슨 뜻이에요?

지상아 내가 무슨 말을 하든 네가 알아서 들어야 한다.

정성은 어쩌면 그럴 수 있죠? 저라면 더 위축될 텐데.

지상아 일을 계속해야 하니까요. 돈을 벌어야 하니까요. 지금은 그 시기를 지나 잘하고 있어요. 작년엔 열여섯 건, 재작년엔 열다섯 건 팔았어요. 하나 자랑하고 싶은 게, 작년에 전화 세 통을 받았는데 제가 다 따냈어요. 미국 애들과 경쟁해서.

정성은 한국에서는 부동산을 여러 번 가보고 그중 정해서 집을 사잖아요. 여기서 경쟁했다는 건 무슨 뜻이에요?

지상아 바이어가 집을 산다고 하면, 중개인은 한 사람만 전속으로 일해야 해요. 그래야 중개인이 커미션을 받을 수 있어요. 예를 들어 집이 4억이면 너 얼마에 팔아 줄 수 있어? 하면서 여러 명 면접을 봐요. 너 커미션 얼마냐. 마케팅 어떻게 하냐. 그렇게 찾아온 기회에서 시장조사도 하고, 프레젠테이션도 해서 중개권을 따내는 거죠. 그런데 제가 영어가 완벽하냐? 아니거든요. 그건 상관없는 거예요. 동기가 너무 좋대요. 너무 열정적이래요. 그러니까 너에게 준다? 그런 표현 안 써요. 네가 얻어냈다고. 그럴 만한 자격이 있어서 따낸 거라고 해요. 그렇게 전속 계약이 되면 그 집이 제 이름으로 나가요. 지상아 이름으로 선전이 되는 거죠. 멋진 일이에요. 하지만 그것도 바로 되냐? 최종 딜을 성사시키기까지 길게는 반년이 걸리기도 해요. 그래서 저는 프로세스라는 말을 참 좋아해요.

정성은 과정을 잘 밟아나가셨네요.

지상아 여기선 집을 보여주는 걸 오픈 하우스라고 해요. 오픈 하우스에서 꼭 집만 보여주는 건 아니에요. 저의 성격, 정체성, 정직함, 열정 같은 것들을 보여줄 수 있죠. 그러니 자꾸 손님들이 생겨요. 손님으로 만나서 친해진 사람도 있고. 저는 이곳에 와서 연변에서 온 한국인과 친구가 됐어요. 조선족이라고 하나요? 그 표현이 저는 조금 별론데…….

정성은 맞아요.

지상아 그런데 그분들 정체성이 한국인인 거 알아요?

정성은 자세히 몰랐어요.

지상아 처음엔 신기해서 물었어요. 제니는 한국 사람이에요? 중국 사람이에요? 그럼 북한 사투리로 언니야, 하면서 저 한국 사람이에요, 해요. 네일숍을 해서 크게 성공한 친구거든요. 근데 또 다른 남자 분이 계시길래 물었어요. 미스터 지는 한국분이세요? 중국분이세요? 그러자 그가 저는 모르겠습니다. 중국에서도 안 받아들이는 것 같고, 한국 사람들도 안 받아들이는 것 같고 그냥 모르겠습니다, 하고 말해요. 제가 특별히 사회적 정의를 주장하는 건 아니지만…… 오히려 한국에서 인종차별이 더 심한 것 같아요. 하지만 저도 외국에 나오지 않았으면 몰랐을 거예요.

정성은 맞아요. 저도 미국에 왔는데 사람들이 다 달라서 신기했어요. 몸매도 다양하고, 피부색도 다르고. 부끄럽지만 인종들 사이에 계급 관계를 파악하려고 애썼던 것 같아요. 동시에 나는 어떻게 비춰질까? 생각하고.

지상아 아들에게 가끔 지적받아요. 엄마 왜 그렇게 얘기해. 저도 가끔 차별적인 말이 나올 때가 있거든요.

정성은 예를 들면 어떤 거요? 외모 평가? 뚱뚱하다?

지상아 잘 기억은 안 나는데…… 백인 여성의 성격을 제가 스테레오 타입으로 얘기했었나 봐요. 그러니까 아들이 딱 지적하더라고요.

정성은 아이들은 그런 걸 학교에서 배우나요?

지상아 네. 사회 자체가 피부색부터 서로 다르니까요. 한국은 파키스탄 사람, 인도 사람 들을 존중하는 사회인가요?

정성은 음…… 아니요. 하지만 요즘은 다양성에 대한 논의도 많이 나오는 것 같아요. 여전히 젠더 갈등은 심각하지만.

지상아 건강한 거예요.

정성은 갈등이 있는 게 건강한 거예요?

지상아 그럼요. 기름이 물에 뜨는 것처럼 씻어내야 할 게 보이는 거잖아요. 저희 때는 그런 것도 없었잖아요. 모르고 그냥 살았지.

정성은 그 생각은 못 했는데…….

지상아 다시 연변 친구 얘기로 돌아오면, 그 친구가 가이드 일을 해서 안 가본 데가 없거든요. 며칠 전이 생일이어서 이렇게 카드를 썼어요. '제니야. 네가 이 나라, 또 이 나라에 갔다고 했지? 나도 이 나라, 이 나라에 갔어. 그런데 드디어 우리가 코네티컷에서 만났다는 게 너무 특별하지 않니?' ……그런데 자기랑 얘기하다 보니 치료적인 게 좀 있다.

정성은 정말요? 그렇다면 기뻐요.

지상아 내가 아이 키우며 안일하게 살았다 했잖아요. 그런데 그때 학교에서 봉사하고, 아이에게 집중하고 이런 일 없이 바로 공인중개사가 되었다면, 돈은 많이 벌었겠지만 우리 가족을 잃었을 수도 있겠다 싶어요. 돌이켜보면 아이들 학교 행사 가고 그런 것도 너무 재밌었거든. 그런 걸 다 놓쳤더라면 지금 힘들었을지도 몰라요. 인생 사는 게 꼭 돈이 다가 아니라는 걸 오늘 대화 덕분에 다시 한번 느끼네요.

정성은 전 듣기만 한걸요. 선생님 안에 다 있던 이야기예요.

얼룩, 희미하지만 지워지지 않는

뉴욕 세탁소 사장님 장선아(가명)

집 앞 세탁소 주인이 한국인이란 사실을 알게 된 건 뉴욕을 떠나기 일주일 전이었다. 여행자에게 세탁은 사치다. 뒤늦게 그곳에 간 이유는 택배를 부치기 위해서였다. 한국의 편의점 택배처럼 지정된 곳에서 발송하는 시스템이었는데, 집 앞 세탁소가 만남의 장소였다. 룸메이트가 택배 신청서를 인쇄해올 동안 사장님과 이야기를 나눴다.

정성은 영어로 장사를 하시다니, 대단해요.

장선아 아니에요. 몸이 힘들죠.

정성은 저 기계들이 있는데도 많이 힘든가요?

장선아 빨래는 재들이 하지만, 옷을 들었다 놨다 하는 게 여간 고된 일이 아니라서요. 손님 상대하기도 쉽지 않아요. 사람들은 자기 옷이 가장 소중하고, 맡기기만 하면 모든 얼룩이 사라질 거라 믿으니까요. 아가씨는 무슨 일 해요?

정성은 저는 글 쓰는 일을 해요.

장선아 작가시구나. 멋져요.

정성은 돈을 못 벌어 큰일이에요.

장선아 그래도 잘하고 싶은 일이 있다는 게 얼마나 좋아요.

미국에 정착해 가정을 이루고 세탁소를 운영하며 쉴 땐 드라마 보는 게 낙인 40대 여성의 삶. 그 안정을 이루기까지 얼마나 많은 굴곡이 있었을까 싶으면서도, 한편으로는 그저 평온해 보였다.

장선아 작년에 부모님이 다 돌아가셨어요. 코로나 때문에 장례식도 못 갔죠. 초등학교 4학년 때 부모님이 이혼하셔서 아빠랑 살았거든요. 엄마 밥 한 끼 못 사드린 게 제일 마음에 걸려요.

마지막으로 언제 한국에 갔는지 물었다가 이야기가 멀리 나아갔다. 그녀의 눈에 눈물이 고였고, 그 순간 다른 손님이 와 대화는 끝이 났다. 집으로 가는 길, 서점에 들러 《H마트에서 울다》를 샀다. 세탁소 사장님의 마음을 알고 싶었기 때문이다. 하지만 예상은 빗나갔다. 그녀에게 엄마의 죽음은, 하나의 사건에 불과했다. 며칠 뒤 함께 점심을 먹는데 그녀가 엄마 이야기를 시작했다.

장선아 저희 엄마는 보통 엄마가 아니었어요.

정성은 어떤 분이셨는데요?

장선아 뭐랄까. 자기가 세상에서 제일 사랑스러운 사람이었어요. 애 넷을 그렇게 버렸던 걸 보면.

그녀는 유복한 가정에서 태어났다. 일제강점기 일본인이 하던 정미소를 이어받은 할아버지 덕분이었다. 얼굴에 흉터가 있는 부잣집 아들에게 혼인해온 엄마는 아이 넷을 낳은 후 서울 바람이 들었다. 가족은 다 같이 올라왔고, 아빠는 사업을 시작했다. 뚝섬에 공장을 세울 만큼 크게 했지만 이내 망했다. 평생 돈을 쓰기만 했지 벌어본 적이 없어 사업 수완이 없었다.

장선아 빚쟁이들이 집에 찾아왔어요. 같이 먹고 자기도 했죠. 어느 날인가, 인사도 없이 사라졌어요. 할아버지가 어떻게 돈을 마련하셨대요. 아빠는 결국 이혼하고 당구장을 차렸다가, 호프집을 차렸다가, 마지막엔 사당동에서 방석집을 했어요.

정성은 아, 엄청나네요…….

장선아 초등학교 5학년 때 아빠가 거기에 저를 불렀어요.

정성은 어린 나이인데, 그런 곳인 줄 알았어요?

장선아 알죠. 동네 자체가 그런 촌이었고, 밤엔 호객행위도 많이 했거든요.

정성은 어땠어요?

장선아 언니들이랑 친해졌죠. 다 착했어요. 아직도 기억나는 게 그중 한 언니가 이가 두 개 없는 거예요. 왜 없냐 물으니 손님한테 맞았대요. 5학년이 생각해도 이건 사람이 할 짓이 못 되는구나 싶었어요. 거기 마담 언니랑 우리 아빠랑 사귀었거든요.

정성은 ……무슨 옛날 영화 같아요.

장선아 그죠? 저도 신기해요. 결혼할 거라고 집에 인사도 하고 그랬는데, 결국 잘 안 됐어요. 그때 아빠가 만화 가게에 저를 넣어두고 어디 다녀오곤 했는데, 그게 종교의 시작이었어요.

정성은 종교요?

장선아 네, 제가 미국에 온 것도 종교 때문이거든요. 일반 종교는 아니고…….

사이비 종교인가? 차마 물어보진 못했다.

장선아 어느 날 아빠가 거기 저를 데려갔는데, 무당집인 거예요. 향냄새가 나고 신단이 모셔져 있고. 무서웠어요.

정성은 선생님은 당시 종교가 있었어요?

장선아 저는 기독교를 믿었으니까 더 이상했죠. 아빠는 그냥 신을 믿는 거라고 했어요. 그때 저희는 할머니 할아버지 손에 컸는데요, 애가 넷이다 보니 1년 만에 못 키우겠다고 두 손 두 발 드셨어요. 그런데 아빠 혼자 어떻게 저희를 키워요. 엄마를 수소문해 찾아냈죠.

당시 엄마는 서울 고속터미널역에 있는 결혼상담소에서 일하고 있었다. 아빠는 아이들만 사무실로 올려보냈다.

장선아 거기 있던 어른이 너희들 누구니? 어떻게 왔어? 하며 묻길래 ○○○ 씨가 저희 엄마인데 계시나요? 했더니 사람들이 놀랐어요. 뭐야, 애가 있었어?

정성은 어머님도 난처했겠어요. 새 삶을 살고 싶었는지도 모르는데.

장선아 그땐 사무실에 없어서 나중에서야 저희를 봤는데, 보자마자 화를 냈어요. 어린 나이에 그게 얼마나 상처예요. 엄마는 그런 사람이었어요.

나도 모르게 "엄만 예뻤어요?" 하고 묻고 말았다. 그녀는 어릴 적 사진을 보여주었다. 세련된 여성이었다.

장선아 엄마를 생각하면 과일 깎는 모습이 떠오르는데 그 과일이 참 먹기 싫었어요. 화장품 냄새가 나서.

정성은 고레에다 히로카즈 감독의 영화 〈아무도 모른다〉랑 비슷해요.

1988년 일본 도쿄에서 일어났던 '스가모 아동 방치 사건(아파트에 어린이 네 명을 두고 어머니가 집을 나갔던 사건)'을 소재로 만든 영화인데, 아들이 엄마가 화장하는 모습을 물끄러미 쳐다보는 장면이 나온다.

정성은 한편으로는 대단하신 분 같아요. 요즘 같은 시대에도 여자들이 자기를 우선으로 살기 쉽지 않은데 그 시절에 그랬다는 게.

장선아 외할아버지가 보수적이었어요. 집에 돈이 있는데도 여자가 무슨 공부냐 하며 대학을 안 보내줬대요. 그게 한이 돼서, 대학 나온 척하고 그랬대요. 난 사실 그런 게 너무 싫었어. 이름도 자주 바꾸고.

정성은 아무래도 이 이야기는 드라마 제작사에서 사가야 할 것 같은데.

장선아 하여튼 그날은 그렇게 화만 내고 가버렸어요. 저희는 상처만 받고. 몇 년 뒤 엄마랑 같이 살긴 했지만. 언니, 저, 남동생 이렇게 엄마 집으로 갔어요. 저희 언니가 한 성깔 하거든요. 제가 언니 옷을 몰래 입은 날엔 매타작으로 온몸에 멍이 들 정도였죠. 엄마와도 머리채 뜯고 싸웠고, 그거 말리다 제 이빨도 나갔어요. 그때 엄마 집이 강남이어서 거기서 학교를 다녔죠. 그러다 엄마가 저희더러 도저히 못 키우겠다, 아빠한테 가라 해서 지방으로 내려갔어요. 아빠가 종교 때문에 지방에 내려가셨거든요. 언니는 고등학교 1학년인가 그랬는데 촌구석으로 가기 싫다며 □□시에 있는 개척교회 목사님 집에 들어가 살았어요.

정성은 언니는 지금도 잘 사세요?

장선아 네, 오빠도 따로 떨어져 살아서 저랑 동생만 아빠 집으로 갔죠. 그런데 가보니 완전…… 쓰러져가는 판자촌인 거예요.

정성은 방석집 하면서 번 돈은요?

장선아 종교에 바치고 또 다 날렸죠. 그런 집은 태어나 처음 봤어요. 연탄 보일러였는데, 가스에 질식사할 수 있다 해서 냉골에서 3년을 살았어요. 지금 생각하면 어떻게 버텼는지 모르겠어요. 전기 장판 깔고 겨울을 지냈는데, 얼마나 몸이 안 좋아졌겠어요. 그렇게 살다가 아빠가 여기저기 사람들에게 돈을 빌려 12평짜리 임대 아파트에 들어가게 됐어요. 아직도 그날이 생각나요. 아빠가 우리를 포장마차에 데려가 털 모양으로 된 열쇠고리 있잖아요, 그걸 주면서 이제 우리에게도 집이 생겼다, 했어요. 너무 좋았죠.

정성은 그럼 그 종교, 선생님도 믿게 된 거예요?

장선아 아빠랑 살게 되면서부터 자연스럽게 가까워진 것 같아요. 집 근처에 센터가 있었거든요. 왔다 갔다 심부름하며 누구 딸이라고 얼굴도장도 찍고. 어린 눈에 똑똑해 보이는 어른들이 많았어요. 교회를 다니며 궁금했던 의문들이 해소됐고, 그게 마음에 와닿았던 것 같아요. 그래서 생각했죠. 아, 이게 사이비가 아닐 수도 있겠다.

고등학교를 졸업하고 대학에 가려는데 평소 따르던 선생님이 학교 가지 말고 본격적으로 자기 밑에서 일해보는 게 어떻겠냐고 제안했다. 존경하던 분이어서 감사하긴 했지만 아무리 생각해도 그건 아닌 것 같아 거절했다.

장선아 거기도 사람이 필요했던 거죠. 이론도 쌓아야 하고, 책도 써야 하고, 건물도 지어야 하니까. 그런데 거기 쓰이는 돈이 다 어디서 나오겠어요. 신도들에게서 나오죠. 그러다 보니 사람들의 공포심을 자극했던 것 같아요. 무언가 올 것처럼 불안감을 조성하고. 그러면 사람들이 모든 걸 바치죠. 카드깡을 하고, 집을 뛰쳐나오고, 학교를 그만두고. 그게 참 마음에 안 들었어요. 그러던 어느 날, 저에게도 사건이 발생한 거죠.

종교 지도자를 위로하기 위한 의례에서 상습적으로 발생한 성폭력 사건, 모두가 쉬쉬해서 몰랐던 그 일을 처음 겪은 날 그녀는 혼란스러웠다. 당시 단체 안에서 사귄 남자친구에게 조언을 구했지만 돌아오는 대답은 '그냥 묻고 가자'였다.

장선아 당시엔 우리 둘 다 사리 판단이 안 됐던 것 같아요. 그 친구는 좋은 대학 다니며 집도 잘사는 친구였는데, 그런 애조차 남자는 그럴 수 있다 하니 더 혼란스러웠죠. 저도 그분을 믿고 따랐으니 어떻게든 이해해보려 했던 것 같아요.

정성은 그렇게 사람들이 다 알 정도면 누군가는 문제를 제기하지 않나요?

장선아 그런 거 모르시죠?

정성은 어떤…….

장선아 그런 일은 조직적으로 발생해요. 모두가 입을 다물죠. 용기 있는 분들에게서 연락이 온 적도 있어요. 너는 알지 않느냐. 사람들이 내가 거짓말을 한다고 하는데 너는 그게 아닌 걸 알지 않냐. 하지만 저도 피해자였으면서 당시엔 단체를 보호해야 한다고 생각했어요. 그렇게 혼란스러워하고 있는데 윗선에서 저와 몇을 불렀어요. 해외로 교육을 보내주겠대요. 그런데 뽑힌 애들이 다 영어를 못 하는 거예요. 이상하다 싶었죠. 혹시 다 비슷한 일을 겪은 걸까. 그래서 내보내는 걸까……. 그렇게 미국에 왔어요.

사람의 인생이 이렇게도 흘러갈 수 있구나 싶었다. 태풍 속에 있는 것처럼, 강물에 떠밀리듯이 운명이 휩쓰는 대로.

장선아 저는 가족에 대한 결핍이 있는 사람이잖아요. 그래서 꿈이 조그만 집에 애 하나 낳고 남편이랑 사이좋게 지내는 거였어요. 그걸 달성해야만 제 문제가 해결된다고 생각했어요. 미국도 안 오고 싶었어요. 나는 성은 씨처럼 활발한 사람도 아닌데, 이곳은 영어가 안 되더라도 적극적인 사람이 살아남는 곳이니까. 처음엔 적응도 못 하고 우울했어요. 온몸이 물에 젖은 솜뭉치처럼 무거워서, 아르바이트 갈 시간이면 아르바이트 가고 종교센터 갈 시간이면 거기 갔지만, 그 외 시간엔 불을 꺼놓고 살았어요. 하루는 운전대를 잡고 가야 할 길과 정반대로 20분이나 정신없이 달린 거예요.

정성은 얼마나 가기 싫었으면 그랬을까요.

장선아 그제야 나에게 문제가 있구나 싶었어요. 한국에 보내달라 했죠. 안 된대요. 그러지 말고 뉴욕으로 가래요. 그래서 뉴욕에 왔죠. 여기서 사람들도 만나고, 남편도 만나면서 조금씩 좋아졌어요. 벌 받아도 상관없으니 결혼하고 싶다. 그리고 이 종교에서 멀어지고 싶다.

그때가 20대 후반이었다. 지난 시간과 그간의 믿음을 부정하기까진 얼마나 큰 용기가 필요했을까.

정성은 그래도 나갈 수는 있게 해주었네요.

장선아 네. 그때부터 그나마 괜찮아졌어요. 지금 이렇게 멀리 떨어져서 보니, 왜 그렇게 시야가 좁았을까 싶어요.

정성은 당시에는 그 종교에 그만큼 오래 몸담았던 이유가 분명히 있었을 것 같아요.

장선아 제가 이 종교를 미워하지 않는 이유가, 어렸을 때 너무 힘들게 자랐잖아요. 부모님은 이혼하고, 아버지는 방석집 하고. 부잣집에서 살다 판잣집에서 살고. 그 상황을 어린 내가 어떻게 견뎌냈을까. 그때 무슨 용기가 났는지 모르겠는데, 그 쓰러져가는 집에 친구들을 초대했어요. 그렇게 초라하게 살아도 부끄럽지가 않은 거예요. 고등학교 때 남자친구를 사귀었는데, 걔한테 우리 집을 보여줄 때도 그랬어요. 이런 모습을 보여주면 나를 초라하게 여기지 않을까? 그런 생각을 이겨낼 수 있게 도와준 게 종교였던 거죠.

정성은 저는 학부모 참관 수업에 엄마가 안 온 것만 해도 부끄러워했는데…….

장선아 그게 종교의 힘이에요.

정성은 거기서 무엇을 줬길래요?

장선아 원대한 목표? 지금의 힘든 건 아무것도 아니라고. 세상의 이치로 봤을 때 개미 새끼 한 마리에도 지나지 않는 인생이라고. 우리에겐 이뤄야 할 큰 목표가 있으니, 지금의 인생은 큰 의미가 없다고.

정성은 그래서 견딜 수 있었군요.

장선아 제가 이 종교를 고발하지 않은 이유도 그 때문이에요. 여기서 안 좋은 일도 겪었지만 결국 나의 결핍을 채워줬으니 그걸로 됐다.

정성은 정말…… 수고 많으셨어요.

장선아 저의 이런 생각이 비겁한 걸 수도 있지만, 거길 떠남으로써 저는 제 할 일을 다 했어요. 더는 연루되고 싶지 않아요.

정성은 그 마음 충분히 이해해요. 그래서 처음 만난 날, 제가 미국에 사는 게 뭐가 좋은지 물었을 때, 신경 쓰지 않을 수 있어서 좋다 하셨군요.

장선아 그건 가족 때문이기도 해요. 제가 부모님에게 상처를 많이 받았잖아요. 그래도 그들이 저를 낳아줘서 지금 제가 있는 거고요. 일단 거기에만 감사하기로 했어요. 모성애나 부성

애가 있는 사람들은 아니었을 텐데, 힘들었겠다. 그래도 나를 낳아줘서, 그런 내가 결혼해서 가정을 이루고 아이까지 낳아서 엄마가 되었네. 감사해라. 장하다.

정성은 정말…… 고생하셨어요.

장선아 결혼하니 그때부터야 마음의 여유가 생기더라고요. 아빠에게 돈도 보내주고 했죠. 그분은 정말 마지막까지 쓰고만 살았거든요. 신용불량자 되고, 아파트 팔고……. 그러던 어느 날 쓰러지셨어요. 그 뒤론 저를 못 알아봐요. 제가 자기 동생인 줄 알더라고요. 요양원으로 모셨어요. 오랜만에 갔더니 아빠 얼굴이 티 없이 맑아진 거예요. 세상의 모든 번뇌를 잊은 천진난만한 얼굴로 웃으시는데…….

정성은 요양원 돈은 누가 냈어요?

장선아 제가요.

정성은 다른 형제들은요?

장선아 동생은 죽었고, 언니는 아빠를 사람 취급도 안 했고, 오빠는 연락이 안 돼요. 하지만 아빠의 그 모습을 보니 안도감이 들었어요. 저런 인생도 나쁘지 않겠다. 평생 쓰기만 하다 마지막에 기억을 잃는 것도.

정성은 치매에 걸린 건가요?

장선아 쓰러졌을 때 뇌혈관이 터져서, 의사소통이 됐다 안 됐다 했어요. 한번은 이런 일이 있었는데, 핸드폰을 계속 손에 쥐고 계셨거든요. 전화기 사용은 못 하지만 뭔가 느낌은 남아 있었던 것 같아요. 근데 제 동생이 대동맥 파열로 죽고 나서 이거를 아빠한테 알려야 하는지 아닌지 모르겠더라고요. 어차피 자기 딸도 못 알아보는데.

정성은 전혀 못 알아보셨나요?

장선아 대부분 못 알아보다가 뚫어지게 보고 있으면 갑자기 어? 하고 눈빛이 변해요. 이런 사람한테 당신 아들이 죽었다 하면 충격받을까? 아니면 모를까? 그래도 아빠인데, 알려줘야 하지 않을까. 한참을 고민하다 어차피 모르실 텐데 말이나 한번 해보자 싶었어요. 그래야 저도 속이 편할 것 같은 거예요. 그래서 전화를 했어요. 아빠, ○○이가 하늘나라 갔어, 하니까 아빠가 존댓말을 해요. 뭐라고요? 뭐가 어떻게 됐다고요? 다시 말해보세요. ○○이가 좋은 곳으로 갔다고요. 하늘나라로. 그러니까 아빠가 네, 사람은 언제나 다 가는 거예요, 이러는 거예요. 그래서 알았어요. 아빠. 전화 끊을게요, 하고 끊었는데 몇 분 뒤, 아빠한테 전화가 왔어요. 그 자체로 놀라웠어요. 아빠가 전화를 걸 수 있는지 몰랐거든요.

정성은 그 전엔 전화가 안 왔어요?

장선아 안 왔죠. 그 기계가 중요하다는 것만 알고 있는 것 같았어요. 언젠가는 써야지 하는 느낌으로. 저랑 제 동생 외엔 아빠에게 전화하는 사람도 없었으니까. 그런데 그 순간 아빠에게서 전화가 온 거예요. 받으니까 저기요, 해요.

정성은 아빠가 평소에도 자식들에게 존댓말 했나요?

장선아 반말하죠. 제가 딸인지 모르는 거예요. 그래서 하는 말이, 저기요, 지금 저한테 뭐라고 하신 것 같은데. 누구 중요한 사람이 죽었다고 하신 것 같은데…… 이래요. 그런데 저는요, 엄마 아빠의 죽음도 슬프지만, 동생의 죽음이 더 슬퍼요. 아직도 믿어지지가 않고, 보고 싶고.

동생은 평소에 술을 좋아해 간이 안 좋았다고 했다.

장선아 우리 집안 남자들이 너무 안 풀렸어요. 저도 언니도 대학을 나왔는데 남자들은 다 고등학교 중퇴하고. 엄마가 어렸을 때 떠났잖아요. 동생은 늘 엄마가 그리웠나 봐요. 죽기 한 달 전에 언니한테 전화했더래요. 엄마 연락처를 묻길래, 야 너 그런 거 알 필요 없어, 나한테 물어보지 마, 하고 전화를 끊고 차단했대요, 언니가. 그래서 결국 엄마에게 연락을 못 하고 죽었어요. 그 얘기를 듣는데 너무 궁금한 거예요. 도대체 얘가 무슨 생각을 하며 살았을까. 그래서 핸드폰을 봤어요.

정성은 동생분이 돌아가신 건 언제였어요?

장선아 4년 전? 5년 전? 부모님이 돌아가신 건 작년이고요. 동생 핸드폰을 켜서 네이버 검색 기록을 보는데 제일 마지막에 검색한 게 '피 토함'이었어요. 죽기 바로 직전에 계속 피를 토하니까. 그때 구급차를 바로 불렀어야 했는데……. 동생이 알몸으로 자는 습관이 있거든요. 옷을 다 벗고 방에서 피를 토하고 죽었어요. 뒤늦게 집에 온 아줌마가 방문에서 피가 흘러나오니까 들어갔다는데 그렇게 죽어 있어서, 이게 타살인지 아닌지 추적하느라 경찰도 오고 그랬어요. 두 번째는 유튜브 검색 기록을 봤는데, '엄마가 섬 그늘에' 하는 그 노래 있죠. 그 노래만 반복 재생 되어 있었어요. 장례식에 온 동생 친구들 얘기도 들었는데 엄마가 너무 보고 싶어서 경찰서도 찾아갔대요. 그제야 언니도 울더라고요. 우리 언니가 좀 모질어요.

대체 이 이야기를 어디까지 들어도 괜찮은 걸까 싶었다. 내가 온전히 들을 자격이 있는지도 알 수 없었다. 나로서는 상상도 못 할 일이었다.

장선아 사람을 잃는 건 마음이 아프지만, 인생이 굴곡졌을 뿐 힘들었다는 생각은 많이 안 해요. 저는 윤회도 믿고, 팔자도 믿는데요. 예전에 누가 그러더라고요. 팔자가 세다고. 돌이켜 보니 제 팔자가 좀 센 것 같기도 해요. 그런데 그런 사람들이 미국에 많이 사는 것 같아요.

이 동네 가발가게에서 일하는 중년 아저씨도 인터뷰 요청을 거절하면서 비슷한 말을 했었다. 여기 사는 한국 사람들 스토리는 거의 비슷할 거요.

장선아 저도 참 끈기가 부족한 사람이었는데요, 어렸을 때 여리여리해서 인기가 많았어요.

정성은 지금도 너무 예쁘세요.

장선아 아니에요. 근데 그때는 정말 그랬어. 그런데 한국 사회가 웃긴 게, 외모에 따라 사람들이 너무 친절해져. 남자들이 너무 호의적이야. 저에게 돈을 준 사람도 있어요. 싫다고 하는데 돈을 막 안겨줘. 예쁘면 사람들이 뭐든 다 좋게 봐요. 내 있는 그대로를 보는 게 아니고. 성격이라든지 외모라든지 겉으로만 보이는 제 모습을 좋아하는 거예요. 그럼 난 어떻게 해야 해? 그걸 충족시켜줘야 하죠. 그러면 더 나이스해지려고 하고 계속 그런 나를 만들어가요. 진짜 내가 누군지 점점 잊어가면서 살을 계속 붙이며 가면을 만들죠. 그때는 그게 가면인지 몰랐어요.

정성은 아…… 제가 여기서 더 자유로울 수 있었던 게 무엇 때문인지 말로 설명할 수 없었는데 이제야 좀 알 것 같아요.

장선아 그래서 처음에 우울증이 온 것도 있어요. 여기선 아무도 날 좋아해주지 않으니까.

정성은 어떻게 편해지셨어요?

장선아 노력 안 하면 못 사니까. 처음에는 파트타임으로만 일했어요. 그런데 그렇게 살면 끝이 없을 것 같은 거예요. 너무 힘들고. 그럼 전문 기술을 가져볼까? 하다가 여기까지 왔어요. 물론 가끔은 나도 좀더 편한 일 하고 싶을 때도 있지만, 이제야 제 삶을 사는 느낌이에요. 남 눈치 안 보면서도 서로 나이스하게 잘 지낼 수 있다는 걸 여기서 배웠어요. 사람한테 상처받을 순 있지만, 그게 별로 크게는 안 다가와요. 그건 진짜 큰 발견인데요, 한국에서는 사람에게 너무 치였거든요. 이렇게 말하면 되나? 검열하고, 자존감 떨어지고, 내가 뭘 잘못했는지도 모르면서 무조건 내 잘못이라 생각했어요. 단체에 있다 보면 늘 사람들의 시선을 신경 쓰고 걱정하고. 여긴 그러지 않아서 좋아요.

정성은 저는 언어가 안 통하니까 더 그래요. 붕 떠 있는 느낌이 절 편안하게 해요. 조금 덜 눈치 보고, 서로에게 너그러워지고 싶어요. 한국에 돌아가더라도 그럴 수 있었으면 좋겠어요. 오늘 정말 좋은 얘기 많이 해주셔서 감사해요. 부모님에게도 더 잘할게요.

장선아 효도는 나를 위해 하는 거래요. 이기적이지만, 내가 후회하지 않기 위해.

정성은 네. 이기적으로 살게요. 선생님이 해준 말 하나도 남김없이 적어둘게요.

장선아 고마워요.

다음 날, 나는 그녀가 다려준 옷을 입고 미국을 떠났다. 내가 사촌 동생을 따라 이 도시에 온 건 어쩌면 그녀와 대화하기 위해서였는지도 모르겠다. 그 어느 하나 계획하지 않았지만 삶은 이런 식으로 나를 어디론가 데려간다.

몸 쓰는 일에 대하여

포장이사 고수 조대원

이사를 했다. 손 하나 까딱 안 하면 좋겠어서 포장이사를 택했다. 숨고 어플을 사용하니 몇 군데 업체에서 견적이 왔다. 너무 싸거나, '가격 협의'라고 적혀 있거나, 프로필 사진이 무서운 분은 넘기다 보니 아이와 셀카를 찍은 한 남성이 눈에 띄었다. 약속을 잡았다.

당일, 일사천리로 일이 진행되었다. "짐 다 쌌으니, 이사할 집에서 만나시죠" 하고 헤어지려는데 잠깐만, 아저씨 옆자리가 비어 있지 않은가. "혹시 저, 거기 타도 되나요?" 그 짧은 순간에도 택시비를 아끼려는 나의 꼼수가 통했는지 아저씨는 선뜻 타라고 했다. 아무도 타지 않아 패트병이 한가득 쌓인 트럭 조수석에 올라탔다. 둘 다 지쳐 조용히 가고 있는데 부인으로 추정되는 여인에게서 전화가 왔다.

"어, 거의 끝나가. 그런데 저녁에 다른 사장님 일을 좀 도와줘야 할 것 같아. 어쩌겠어 가야지. ○○이는. 에버랜드 잘 갔대? 집에 도착하면 아빠한테 전화 주라고 해줘."

신기했다. 어차피 저녁에 집에 가면 볼 텐데, 굳이 아들의 에버랜드 후기를 전화로 듣는다고? 전화를 끊은 사장님에게 슬쩍 물었다.

정성은 아드님이랑 전화는 왜요?

조대원 궁금하잖아요. 오늘 뭐 하고 보냈는지.

요즘 아빠들은 이렇게 가정적이구나.

정성은 선생님 아버지도 가정적이셨나요?

조대원 아니요. 저는 아버지 사랑을 받아본 적이 없어요.

부모의 싫은 모습을 닮는 사람도 있고, 그 모습이 싫어 반대로 행동하는 사람도 있다던데 그는 후자였다.

조대원 저는 아빠와의 추억이 하나도 없거든요. 그게 너무 싫었어요. 그래서 제가 못 받은 걸 애한테 해주고 싶어요.

이사를 끝내고 혼자 짐을 정리하며 생각했다. 나는 어떤 부모가 될까. 우리 부모님보다 잘할 수 있을까. 아니, 그 전에 부모가 될 수 있을까. 며칠 뒤 아저씨를 다시 만났다. 아니, 아저씨라고 하기도 뭣하지. 나보다 다섯 살 많은 사람이었다. 일이 신촌에서 끝난다고 하기에 달려갔더니 세워둔 트럭 안에서 자고 있었다.

정성은 피곤하신데 제가 불러내서 죄송해요.

조대원 아니에요.

정성은 저 앞에 스타벅스 있는데 가실까요?

조대원 엇! 저 스타벅스 처음 가봐요.

정성은 처음 가세요?

조대원 갈 일이 없었어요.

정성은 그럼 데이트할 때는 어디 가셨어요?

조대원 연애할 때는 돈이 많이 없어서 거의 집에서 만났죠.

스타벅스에 갈 돈은 없었지만, 그는 20대 후반에 결혼하려고 경기도에 17평짜리 아파트를 10년 전에 사두었다 했다.

조대원 그땐 1억도 안 했어요. 엘리베이터 없는 복도식 5층 옛날 아파트 있잖아요. 제가 온전히 다 산 건 아니고 누나랑 부모님의 도움을 조금 받았죠. 제가 일을 쉰 적이 없거든요. 뭐가 됐든 조금씩이라도 계속해왔어서.

정성은 멋있다…….

조대원 아니에요. 다 그렇게 살아요.

정성은 제 주변에는 언론고시나 공무원 시험이나 대기업 공채를 오래 준비하는 친구들이 많다 보니. 그 나이엔 다들 돈이 없던데요.

조대원 4년제 대학 다니면 그렇죠. 저는 군대 다녀와서 바로 전자제품 수리 일을 했어요.

정성은 고등학교를 전자과 나왔나요?

조대원 아니, 대학을요. 2년제요.

그는 공부를 못 했다고 했다. 이런 질문은 좀 이상하지만, 공부를 못 하면 어떤 기분이냐고 물었다. 나도 잘한 건 아니지만 어떻게든 서울에 이름 있는 대학에 들어가려고 삼수나 했으니까. 학벌 사회의 혜택을 받고 싶었다.

조대원 공부를 안 하게 된 이유는…… 앉아 있는 걸 못 했던 것 같아요. 책을 봐도 30분 이상 못 보고. 가정 문제도 있었겠죠? 부모님이 집에 안 계셨으니까. 그래도 대학 1학년 땐 마냥 즐거웠어요. 2년제 대학을 갔어도.

스물셋부터 일을 시작했다. 핸드폰 수리 일을 거쳐 전자제품 수리를 했다. 거기서 온갖 진상들을 접하느라 지금은 사람 대하는 일은 식은 죽 먹기란다. 그래서 그런가. 그의 어플 평점은 100명 넘게 리뷰를 썼는데도 5점 만점에 5점이었다.

조대원 AS는 이사 일이랑 출발 선상이 달라요. 제가 고객님 집에 수리하러 가잖아요? 그럼 사람들은 이미 기분이 안 좋은 상태예요. 기계가 망가졌으니까. 하지만 이사는 그렇지 않죠. 내가 잘해주는 만큼 돌아오니까. AS는 잘해줘도 의미가 없어요. 열심히 고쳐봤자 그건 그냥 당연한 거예요. 그래서 힘들었어요. 매우 만족, 만족, 보통, 불만, 매우 불만 중에 내가 아무리 잘해도 후자를 받기도 해요. 그 평가에 따라 팀 회식비가 달라지는데, 불만 하나 뜨면 그 달은 날아가죠. 반성문도 써요. 그런데 이사는 달라요. 제가 잘하면 리뷰도 잘 써주시고, 음료수도 사주시고, 망가지는 물건이 생겨도 물어주면 돼요. 대부분 좋게 넘어가죠.

그리고 또 한 가지, 전자제품 AS를 그만둔 이유는 정직하게 일할수록 돈을 많이 벌 수 없는 시스템 때문이었다.

조대원 기본급 자체가 낮으니까 이익을 내기 위해선 고장 나지 않은 부분도 은근슬쩍 끼워 팔아야 하는 문화가 없지 않아 있었어요. 지금은 인터넷에 조금만 찾아보면 다 드러나니까 많이 바뀌었지만.

수리 일을 그만두고는 아버지 농사를 6개월 도왔다.

조대원 그때 아버지가 영업용 차를 갖고 계셨어요. 이걸로 뭐라도 해보라 해서 용달을 시작한 거죠. 그때가 스물여덟, 아홉?

정성은 용달이 큰 차로 짐을 옮겨주는 거죠?

조대원 주차장이라고 불렀는데, 지금은 어플로 일을 잡지만 그때는 지역마다 주차장이 있어서 거기 소속되어 있으면 순서대로 나가는 거였어요. 대기하는데 무료하더라고요. 제가 거기서 제일 어렸거든요. 다들 아저씨, 할아버지인데 만날 고스톱 치고……. 운수업이 운송한다고 운수업이 아니에요. 운이 좋아야 운수업이거든요. 누가 불러줘야 하고, 만약 용산까지 차로 이동했으면, 용산에서 다시 일이 잡혀야 돈을 벌죠. 그렇게 계속 운에 맡기려니 무기력한 기분이 들었어요.

물론 어떤 일이든 상위 5퍼센트는 다르다고 했다. 하지만 자신이 그 일과 맞지 않음을 깨달은 그는 단순 운반 외에도 몸 쓰는 일을 조금씩 병행했다.

조대원 그다음엔 렌탈을 했어요. 행사장 같은데 보면 천막 있잖아요. 그거 나르고 쳐주는 것까지. 그러다 보니 수익성이 보이는 거예요. 그때 같이 일하던 사장님이 그러셨어요. 어차피 용달을 시작했으면 끝판왕은 이사라고. 돈을 벌려면 이사를 해야 한다고.

그렇게 본격적으로 이사 일을 시작했다. 몸 쓰는 일이라 힘들고, 다칠까 걱정은 없는지 물으니 그래도 어쩔 수 없단다. 어쨌거나 수익성은 좋으니까.

조대원 먹고사는 데 쉬운 일이 어디 있어요. 더울 때 시원한 데서 일하고 추울 때 따뜻한 곳에서 일하면 좋지만, 어릴 때부터 이렇게 해왔으니까요.

이 업도 결국엔 프리랜서였다. 항상 다음 달이 걱정이고, 스케줄이 없으면 불안하고, 일이 들어올 때 해야 한다는 강박에 쉬질 못한다. 이번 달에도 이틀 빼고 모두 스케줄이 가득 차 있었다.

정성은 일을 너무 많이 하시는 거 아니에요?

조대원 제가 지금 서른아홉이거든요. 마흔다섯까지는 이렇게 해야 해요.

정성은 왜 마흔다섯까지예요?

조대원 그 정도면 빚이 다 없어질 것 같아요.

정성은 빚이요? 새로 뭐 사셨어요? 축하드려요.

조대원 집을 이사했어요. 그래서 그것만 해결되면 일 열심히 안 하고 싶어요.

정성은 그런데 집이 있어도 매달 수익은 있어야 하잖아요.

조대원 지금처럼은 안 해도 된다는 거죠. 지금은 오늘 아무리 힘들어도 내일 또 일해야 하거든요. 견적서를 안 보내고 싶어도 보내야 해요. 한 달에 20일 정도만 일하면 좋겠어요. 그럼 제 삶을 살 수 있을 것 같아요.

정성은 제 삶을 산다, 라는 게 어떤 의미죠?

조대원 제가 하고 싶은 걸 조금이라도 하는 거요. 지금은 아무것도 못 하거든요. 운동도 못 하고, 배우고 싶은 게 있어도 엄두를 못 내죠. 일하고 아이 보기도 시간이 모자라니까. 그런데 이제 그 빚만 갚고 나면…… 힘든 일 하고 돌아온 다음 날엔 견적 안 넣으려고요.

일의 양을 내가 조절할 수 있는 것과 없는 것의 차이는 크다. 들어오는 일은 다 받는 프리랜서와 일을 가리는 프리랜서는 다르니까. 그의 목표는 후자가 되는 것이었고, 그걸 위해 매일 자신을 혹사시키고 있었다. 그 모습이 존경스러우면서도 한편으론 걱정됐다. "가격을 좀 올리는 건 어떨까요? 친구들이 포장이사하려면 100만 원은 준비하라고 했는데 48만 원이길래……."

조대원 가격 경쟁이 심하니까요. 리고객이라고 하죠. 한 번 했던 사람이 다시 저를 찾아주는 것. 그거 보고 하는 거예요.

정성은 그런데 이사는 사람들이 그렇게 자주 안 하잖아요.

조대원 그러니까 많이 깔아놔야 하죠. 내가 이 한 사람에게 잘해주면 한 명이 두세 명 될 수 있으니까요. 한 사람이 꼭 그 한 사람으로 끝나는 게 아니에요. 지금만 보면 입 잘 털어서 추가 요금 더 받고 가격을 올릴 수도 있겠죠. 그럼 당장 수익은 좋지만 가지가 안 퍼져나가요. 고객이 열 명 있다 하면 신규 고객은 여섯 명 정도 되고 나머지는 리고객이나 추천으로 받아야 하거든요. 열 명 모두를 신규로 할 순 없어요.

정성은 이런, 프리랜서로서 정신이 번쩍 드네요.

그는 마흔다섯 살이 넘어서도 이 일을 할 거라고 했다. 이사 일이 좋으냐 물으니 꽤 만족한다고.

조대원 이 일은 미래에도 사라지지 않을 것 같아요.누군가는 해야 할 일이니까요.

대신 다른 미래 계획도 세웠단다.

조대원 최근 번아웃이 왔어요. 내가 왜 이렇게 살고 있지? 그래서 아내랑 이야기했어요. 저희가 지금 아이를 위해 적금을 조금씩 들고 있는데 아이가 스무 살이 되면 4, 5천 되거든요. 거기까지만 해주고 더는 안 해주려고요.

정성은 그런 얘기를 지금부터 해요?

조대원 네. 스무 살 됐다고 등록금 내 주고, 장가갈 때 뭐 해 주고 그럼 나는 언제까지 일하나, 생각하니 아찔하더라고요. 그러고 싶지 않거든요. 그래서 와이프에게도 말했어요. 아이가 스무 살이 지나면 용돈은 각자 벌어 쓰자고. 생활비는 내가 댈 테니까.

정성은 엄마도 그때가 되면 좀더 자유로워질 테니까.

조대원 아이가 스무 살 되면 그 돈 쥐여주면서 대학을 가든 해외로 가든 흥청망청 쓰든 네 마음대로 살라고. 그렇게 하려고요.

정성은 보통 스무 살 때보다는 결혼할 때 뭔가를 해주려 하잖아요.

조대원 맞아요. 하지만 저는 그러고 싶지 않아요. 대신 아이를 바르게 키워야 한다는 전제 조건이 있죠. 망나니처럼 키웠는데 큰돈을 쥐여줄 순 없으니까.

정성은 와, 그런 목표가 있어서 더 멋지게 사실 수 있을 것 같아요.

조대원 사실 저는 못 해봤거든요. 해외를 가는 것도, 장학금을 받는 것도. 하지만 제 애는 그런 걸 해볼 수 있길 바라요. 돈 쥐여줬는데, 그걸로 등록금 내기 아까우면 자기가 장학금 받겠죠? 알아서 잘 살겠죠.

정성은 그런데 제가 다른 택시기사님도 인터뷰했는데, 그분도 자식에게 자꾸 뭘 해주고 싶어 하셨거든요. 사장님도 그렇게 되지 않을까요?

조대원 사실 그래서 지금부터 다짐하는 거예요. 자칫하면 그렇게 될 것 같으니까.

정성은 진짜요? 그렇게 될 것 같은 기분이 뭐예요? 궁금해요.

조대원 궁금해요? 낳는 순간 바로 알게 될 거예요.

정성은 정말요?

조대원 자식이라는 건…… 진짜 세상에 어떤 것보다 예쁘니까요.

정성은 근데 자식 낳았는데 못생겨도 예뻐 보여요?

조대원 예쁘죠. 품 안의 자식인데요.

정성은 아들 키우면서 사랑한다 이런 이야기도 자주 해요?

조대원 그럼요. 맨날 뽀뽀하고 그러는데. 일곱 살 때까지는 사랑한다는 말을 많이 했는데 요새는 자주 안 해서 서운해요.

정성은 서운해요?

조대원 자기 전에 아들 잘 자 사랑해 내일 보자, 하면 아빠 사랑해, 이랬어요. 아빠가 하늘만큼 사랑해, 이러면 자기는 우주만큼 사랑해, 이러고. 그런데 지금은 답을 잘 안 하더라고요.

정성은 키우면서 어떨 때 놀라고 보람을 느껴요?

조대원 매일매일이요. 항상 놀랍죠. 받아쓰기하는데 100점 받아 오는 것도 놀랍고, 뛰어와서 인사 잘하는 것도 좋고. 안 좋을 게 뭐 있나.

정성은 미울 때도 있을 것 같은데…….

조대원 그럴 때도 있죠. 아, 이거는 자랑인데, 저희 와이프가 일기를 쓰거든요. '맘스 다이어리'라고. 100일 동안 하루도 안 빠지고 사진이랑 일기를 쓰면 육아일기 책을 공짜로 만들어줘요. 근데 그거를 열다섯 권을 썼어요.

정성은 열다섯 권? 1,500일을요? 아드님이 완전 복 받았네요!

조대원 저희 아이가 한글을 다섯 살 때 뗐으니까 이후로 그거 읽으면 지금도 되게 좋아해요.

정성은 와…… 저도 그 책 보고 싶어요.

조대원 제 와이프만큼 노력하는 사람 저는 못 봤어요.

정성은 두 분 다 복 받으실 거예요.

끝없이 수다를 떨다가 다음 일정이 있어 헤어졌다. 사장님은 마흔다섯 살까지만 일하면 그다음엔 여유가 생길 거라고 했지만, 과연 그럴까. 가는 길에 사장님에게 카카오톡 선물하기로 스타벅스 기프티콘을 보냈다. '좋은 일만 가득하세요!'라고 카드에 적었다. 정말 그렇게 되길 바랐다.

당신은 착한 사람이군요

공무원 이승훈(가명)

"연하남 어떠세요?" 결혼정보회사 매니저에게 연락이 왔다. 세 살 연하의 공무원과 선을 보겠냐는 말이었다. "따님이 워낙 협조를 안 해주셔서, 여섯 살 많은 분은 남자로 안 느껴지신다네요? 본인 나이도 생각하셔야 할 텐데…… 그래서 어린 분으로 모셔봤어요. 이번엔 나오실 거죠?" 엄마는 연하라는 말에 걱정부터 했다. "어리면 속 썩이는데……." 나이 많으면 속 안 썩이나? 나는 매니저에게 하겠다고 손을 들었다.

스물여섯 살 때부터 선을 봤다. 엄마의 소원은 나의 결혼이었다. 내 의사는 묻지도 않고 결혼정보회사에 등록하고 온 날, 황당했지만 끝내 환불하지는 못했다. 자신이 생각하는 가장 좋은 것을 선물하려는 부모의 선의를 거절할 수 없었다. 시간이 흘러 서른세 살이 되었다. 요즘은 효도하는 셈치고 나간다. 대신 장소는 내가 정한다. "우리 샐러드바에서 만날까요?" 이왕 시간 보내는 거 건강한 거라도 먹자 싶어서.

광화문의 샐러드바에 들어서자 한 남성이 어색한 듯 앉아 있었다. 한껏 멋 낸 모습이 인터넷 쇼핑몰로 어제 배송받은 옷을 입은 대학생 같기도 했다.

"안녕하세요?" "어…… 안녕하세요." 어색한 인사를 나눈 우리는 급식 먹는 학생들처럼 각자 줄을 서 샐러드를 주문했다. 그의 옷깃이 접혀 있길래 말해줄까 하다 말았다.

정성은 승훈 씨는 형제 있어요? 저는 여동생 있는데.

이승훈 저는 누나 있어요.

정성은 누나는 무슨 일 해요?

이승훈 요즘은 집에서 쉬어요.

정성은 코로나가 심하다 보니 제 주위에도 쉬는 사람들이 많더라고요.

이승훈 그거 때문은 아니고요.

그는 잠시 머뭇거리다 말했다.

이승훈 장애인이에요. 이런 자리에서 말해도 되는지 모르겠네요.

정성은 당연히 되죠. 몸이 아프시군요.

이승훈 몸 말고, 정신이요.

그는 조용하고 내성적이었다. 그야말로 숙맥이랄까. 하지만 그의 입에서 나온 이야기들은 특별했고 처음 만난 사이에는 잘 하지 않을 말이었다. 사람이 세 명 이상 모이면 한 명은 꼭 소외되는데 그게 자기란다. 대학생 땐 연애를 못 했는데 그 이유가 자기가 좋아하면 다 멀어지더란다. 자신의 치부를 드러내는 모습이 좀 귀엽잖아. 글자만 보면 잠이 쏟아져 책을 못 읽는데, 가방에 들고 다니긴 한다며 보여주는 책이 《누구나 10kg 뺄 수 있다》인 걸 보니 웃기기까지 하네 싶었다. 하지만 자신은 전혀 모르는 듯했다. 그래서 속으로 생각했다. '이 사람은 긁지 않은 복권이구나.' 혹시 두 번째 만남은 데이트가 아닌 인터뷰를 해도 되겠냐 묻자 그는 흔쾌히 수락했다.

부모님이 돈을 내 강제로 참석한 나와 달리 그는 자기 돈으로 결혼정보회사에 가입한 사람이었다. 아니, 서른 살 남성이 왜 벌써 결혼을 하고 싶어 하지? 나는 안 하고 싶다고. 부모님과 싸운 얘기를 했다. 그는 가만 듣더니 말했다.

이승훈 부모님이 성은 님을 많이 아껴주시는 것 같아요.

어, 이건 내가 바라던 전개가 아닌데.

정성은 왜요? 원하지 않는 걸 자꾸 강요하니 지치는데.

이승훈 전혀 원하지 않아요?

정성은 음, 그냥 자연스럽게 누군가를 알게 되어서 결혼하고 싶죠.

이승훈 그거죠.

정성은 결혼을 목적으로 만나는 게 저에게는 부담인 것 같아요. 친구 만날 때처럼 편하지 못하고.

이승훈 그러면 그냥 친구라고 생각하면 되겠네요.

그는 가정을 꾸리고 싶어 했다. 그리고 아빠처럼 되고 싶지 않아 했다.

이승훈 부모님이 싸우는 날이 많았어요. 아빠는 분을 못 이기는 성격이었고요.

싸움의 주된 원인은 누나였다. 아빠는 내 자식이 장애가 있다는 걸 받아들이지 못했다. 하지만 그건 승훈 씨도 마찬가지였다. 누나가 일반 사람들과는 조금 다르다는 사실을 알게 된 건 초등학교 때였다.

이승훈 그전에는…… 그냥 표현이 안 되는데, 이상하다는 느낌만 있었어요. 그런데 이렇게 아픈 사람이 내 누나라는 걸 알게 되고 나서는 제 인생이 없다고까지 생각했어요.

무슨 말이지 싶었다. 내 인생이 없다? 내 인생에 누나는 없다? 그는 후자라고 했다. 자신을 외아들이라 생각한 때도 있었다.

이승훈 제일 부러운 게 친구들이 형제들이랑 싸웠다는 얘기 들었을 때예요. 누나가 아프다는 사실을 알게 되면서 제 성격이 좀 변한 것 같아요. 어렸을 때는 밝고 사람들이랑 잘 어울리기도 했는데…….

정성은 지금도 잘 어울리는데요?

이승훈 그런가요?

정성은 지금도 충분히 밝고 선해 보여요.

이승훈 속으로는 부정적인 생각도 많이 하고 그래요.

정성은 욕도 해요?

이승훈 아니요. 그건 아니지만, 아무튼 그래서 교회에 가본 적도 있는데 하지 말라는 게 너무 많더라고요.

정성은 근데 승훈 씨는 착한 사람이잖아요.

이승훈 착한 사람은 없어요.

정성은 무서운 말을 하시네. 왜 착한 사람이 없죠? 저는 어떤가요? 제 SNS 구경하니까 어떤 사람인 것 같아요?

이승훈 솔직히 좀 봤어요. 나랑 되게 다르구나. 그래서 신기하고, 내게 없는 모습들을 가지고 있으니까 닮고 싶고.

정성은 가르쳐드릴게요.

이승훈 그런 모습들에 나도 한 장면으로 들어가고 싶고.

들으면서 움찔했다. 나는 누군가에게 이런 말을 할 수 있나? 없을 것 같은데.

정성은 음, 되게 솔직하게 얘기를 잘하는 것 같아요. 그러면서도 남에게 상처 안 주는 무해한 사람 같아요.

이승훈 솔직하면 거리낄 것이 없으니까요. 솔직하면 남을 속일 게 없잖아요. 뭘 해도 당당할 수 있고.

정성은 훌륭한데요?

이승훈 절 위해 그러고 싶은 거죠. 거짓말은 계속 파생되니까.

하지만 그럴수록 마음에 걸리는 게 있었다. 누나에 대한 이 사람의 마음이 아파 보였기 때문이다.

정성은 승훈 씨는 보기에 착한 사람인데 누나와는 심리적으로 거리가 멀다고 했어요. 그런데 누나가 아프잖아요. 그에 대한 죄책감은 없어요?

이승훈 있어요. 내가 누나만 아니면 이렇게 되지 않았을 텐데, 하는 후회요.

정성은 ……네?

이승훈 누나가 내 인생의 짐이라는 생각이요.

정성은 그래서 착한 사람은 없다고 한 거군요.

이승훈 욕망은 누구에게나 있기 때문에, 그게 어떤 거든 정확히는 자신만이 알 수 있잖아요. 숨길 수도 있고. 그래서 사람 속은 알 수 없다고 생각해요.

편견이었다. 장애를 가진 이의 가족은 이럴 것이다, 하는.

이승훈 누나의 지적 능력은 초등학교 6학년 수준이에요.

정성은 그러면 대화가 잘 통하는 거 아닌가요?

이승훈 기본적인 의사소통은 되는데 혼자 밥을 차려 먹거나 하진 못해요. 눈에 보이는 건 먹는데 반찬 꺼내서 먹는 거는 한 번도 못 봤어요. 제가 너무 큰 걸 바라는 것 같아요. 내가 사회에서 만난 사람들이랑 대화하듯이, 내 얘기 들어주고 조언해주는 그런 형제 관계. 하지만 누나는 할 수 없으니까 저는 항상 불만족하고, 누나가 싫은 마음이 드는 것 같아요.

정성은 하지만 평생 내내 싫었나요?

이승훈 슬프기도 했지만 싫었을 때가 더 많아요.

정성은 고맙거나 좋았던 때는요?

이승훈 음, 가족들 생일 기억해서 뭐 챙겨줄 때? 그때는 좀 놀랐어요. 우리 누나가 이런 것까지 하네? 저한테 초콜릿 줬거든요.

정성은 그럼 암묵적으로 누나는 부모님이 책임지는 건가요?

이승훈 지금은 그렇죠.

정성은 만약에 부모님이 돌아가시면요?

이승훈 가끔 그런 생각을 하는데요. 막상 그런 상상을 하면 자신이 없어요. 제가…… 감당하지 못할 것 같아요.

정성은 그럼 장애인 인권이나 복지에 대해 더 관심을 가지고 할 수 있는 일이 있지 않을까요?

이승훈 저는 그 이슈 자체가 제 삶인걸요. 솔직히 이제 그런 생각하는 것도 싫어요. 정말로 제가 책임져야 하는 상황은 안 왔으면 해요.

정성은 부모님은 어떨까요?

이승훈 깊게 얘기해본 적은 없는데, 이제는 책임져야 할 운명이라고 생각하시는 것 같아요. 근데 저는 누나가 이렇게 끝까지 부모님 짐이 되는 것도 싫어요. 그런데 제가 같이 짊어질 자신은 없어요.

정성은 이해해요. 이렇게 솔직하게 말할 수 있는 것도 대단한 것 같아요. 그런데 전 어떤 면에선 이렇게 생각해요. 그 고통을 내가 계속 짊어져야 하니까, 내가 힘들지 않기 위해 더 긍정적으로 생각하거나 마음을 다잡을 수도 있잖아요. 그런데 지금까지 계속 힘들어하고 미워하게 된 환경과 상황이 궁금하기도 해요.

이승훈 정신을 놓지 않으려고 많이 애썼던 것 같아요. 한눈팔지 않고, 일탈하지 않고, 일단 자리를 잡고 그다음에 어떻게 될지 생각을 해보자.

덕분에 그는 공무원 시험에 합격할 수 있었다.

정성은 만약에 오늘 우리가 나눈 대화를 글로 적는다면 부모님께 보여줄 수 있나요?

이승훈 아니요. 없어요.

정성은 보여주면 상처가 될 수도 있지만, 부모님이 승훈 씨를 이해하는 계기가 될 수도 있잖아요.

이승훈 생각만 해도 마음이 답답해지네요. 이 이야기를 부모님이 안다는 게.

정성은 왜요? 제삼자 입장으로 보기엔 이 얘기 중에 부모님을 상처받게 할 만한 얘기는 하나밖에 없는 것 같아요. 동생이 누나를 계속 힘들어한다는 것. 부모들은 자식들이 친하고 가깝게 지내길 바라니까. 저희 엄마 아빠도 그렇거든요. 저희가 너무 싸우니까, "우리가 떠나면 너희 둘이 남을 텐데, 잘 지내면 좀 안 되겠니." 이렇게 저한테 부탁했거든요. 그 외에는 괜찮을 것 같은데 승훈 씨는 왜 그렇게 생각해요?

이승훈 성은 님과 저는 다르니까요. 왜 다르냐면 동생하고 정상적으로 의사소통할 수가 있잖아요. 근데 저는 안 될 걸 아니까, 시작하기 싫은 거예요.

정성은 아니 그거 말고요. 오늘 이 얘기를 부모님이 아는 것에 대해서.

이승훈 그것도 부담스러워요. 우리 가족을 짐처럼 생각한다는 걸 부모님이 알게 되는 게 부담스러워요. 앞으로 어떻게 될지 모르겠지만, 지금 당장은 망설여져요.

정성은 근데 이 상황에서 승훈 씨 짐을 더는 건 누나가 없어지는 거잖아요. 그런 생각은 너무 슬프지 않나요? 죄책감이 들잖아요.

이승훈 누나가 없어지거나 내가 없어지거나.

무작정 그러면 안 된다고 외치긴 했는데, 아무 경험도 안 해본 내가 무슨 말을 할 수 있나 싶었다. 그 어떤 윤리적인 말이라 해도.

정성은 누나가 없어지면 좋겠다는 생각은 너무 슬프니까. 불가능한 거기도 하고요. 해결책을 어떻게든 찾아야겠네요.

이승훈 제가 이 일을 계속 외면해왔던 것 같아요. 해결책은커녕 이 문제 자체를 외면하고 있었어요.

정성은 몰아붙여서 미안해요. 들으면서 저 사람은 왜 문제를 해결하지 않고 있지? 생각하기도 했는데요. 저도 똑같아요. 저의 어떤 문제들에 대해서 여전히 해결을 안 하고 있고, 엄두가 안 나요. 손을 못 대겠어요.

이승훈 저도요. 근데 오늘 이야기해서 좋았어요. 계속 얘기해도 모자랄 것 같아요. 뭔가 할 얘기가 계속 있어요.

그 무언가를 듣기 위해 자세를 고쳐야만 했다. 그의 이야기가 계속되길 바라면서.

슬픔에 잠겨 있을 시간이 없어

베를린 식당 주인 김선혜

세계에서 가장 힙하다는 도시, 베를린에 왔다. 친구들은 부럽다 했지만 나는 이 도시의 매력을 아직 모르겠다. 춥고, 겨울이면 오후 4시에 해가 지고, 편지로 소통하고, 열쇠로 문을 따는 곳. 이곳이 힙한 건 가난한 예술가들이 몰려들어서, 라고 했다. 하지만 정말 그들이 가난할까? 예술을 해서 가난할 순 있어도, 가난해서 예술을 하진 않을 것이다. 삐딱한 시선을 가진 내게 여기 거주하는 친구는 말했다.

"Berlin ist arm, aber sexy. 베를린은 가난하지만 섹시하다. 이 도시의 슬로건이야. 2001년부터 2014년까지 베를린의 시장직을 맡았던 클라우스 보베라이트가 한 말이지. 그래서일까. 베를린은 부자를 별로 안 좋아해. 부자는 누군가의 것을 빼앗아 부자가 됐다는 인식이 있거든."

낯설다. 가난한데 섹시하기까지 하면 위험하지 않나. 하지만 위에 언급한 시장은 당선되기도 전에 자신의 성적 지향을 커밍아웃했단다. 나를 드러내도 안전한 이 도시가 궁금해진다.

며칠 뒤 아시안 식료품점에 갔다가 근처 한식당에 들렀다. 향수병에 걸린 나를 위한 조치였다. 차와 정갈한 밥을 파는 곳이었다. 피아노도 있었다. 여기 사장님이 음악을 전공했다고 한다. 그냥 식당 아주머니인 줄 알았는데…… 아, 이런 생각 별론데. 하지만 사장님은 이런 선입견에 익숙한 듯했다.

김선혜 처음 가게 열었을 때 사람들 반응도 비슷했어요. 좋은 학교 나와 독일에서 유학하고 자녀 교육에 열성이더니 결국 식당 주인이 됐구나?

사람들은 그녀를 규정하고 싶어 했다. 자신이 이해하는 틀 안에서.

김선혜 내가 하겠다는데 왜 그렇게 말이 많지? 싶었죠. 시어머니는 남편이 벌어다주는데 가만있지 왜 일을 벌이냐, 하셨고 엄마는 공부시켜놨더니 뭐 한다는 거냐, 속상해하셨어요. 아이들도 못할 거라고 그랬죠. 그런데 나는 내가 어떤 사람인지 알잖아요. 나에겐 이게 아벤토이어(Abenteuer), 모험인데.

큰 뜻이 있어서 시작한 일은 아니었다. 두 아이를 다 키우고 나니 시간이 많아졌다. 남편과 장난삼아 가게를 보러 갔고, 그 김에 덜컥 계약하게 되었다.

김선혜 독일은 보증금이 많지 않아요. 석 달 치 월세 정도? 근데 저에겐 여섯 달 치 월세를 요구하더라고요. 너 이력을 보니 음악밖에 안 했는데 가게를 어떻게 하냐는 거죠. 친정엄마가 음식점을 했다고 둘러댔어요. 겨우 열쇠를 받았죠. 그날부로 인생이 바뀌었어요.

찻집으로 시작했지만 밥 달라는 사람이 늘어나 결국 식당이 되었다. 내 친구들은 자주 말했다. 우리 베를린 가서 김밥 장사나 할까. 티셔츠 팔까. 하지만 행동으로 옮긴 이는 아무도 없다. 그런데 나의 엄마뻘 되는 이 여성은 30여 년 전, 어떻게 이곳에 왔을까.

김선혜 어렸을 적부터 아버지는 저희더러 자유롭게 살라고 하셨어요. 대학원은 물론, 유학까지 가보라고. 정말 웃기죠. 당신 부인한테는 자유를 주지 않았으면서.

웃기다.

김선혜 대학을 졸업하고, 독일어를 공부하면서 본격적인 유학 준비를 했죠. 남편도 그때 만났어요.

인터넷도 없던 시절, 물어물어 누가 독일 유학하다 잠깐 한국 들어왔다 하면 정보를 얻는 게 다였다. 독일 통일도 되기 전이었다. 급하게 결혼을 한 이유가 있는지, 혹시 그래야 부모님이 안심하고 보내줄 수 있어서였는지 묻자 아니란다. 오히려 스물일곱에 결혼을 하다니 너무 이르다 하셨다고.

김선혜 남편이 결혼을 원했으니 자연스럽게 흘러갔지만, 마지막 순간까지 고민했어요. 내가 이 선택을 책임질 수 있나?

외국에 가면 새로운 세계가 펼쳐질 텐데 한국에서 짝을 정하고 타지로 나가는 것에 아쉬움은 없었는지 물었다. 성공해서 돌아와 더 멋진 남성을 만난다거나, 외국인과의 로맨스라는 가능성도 있으니까. 사장님은 맞다고, 너무 솔직한 욕망이라고 했다.

김선혜 근데 그때가 30년도 더 전이잖아요. 학교 앞은 데모를 진압하는 경찰이 깔려 있고. 친구들은 공장에 위장 취업하던 시절이었죠. 우리 사전에 국제결혼은 없었어요. 나라 걱정이 컸거든요. 내가 왜 서양음악을 공부하지? 무슨 부귀영화를 누리려고? 그러다 우리도 더 큰 세상에서 무어라도 해보자고 남편과 나왔어요. 하지만 와서 애 키우다 보니 다 없어졌지.

그래도 좋았다. 훌륭한 음악가들과 같은 하늘 아래 있다는 것만으로 행복했으니까.

김선혜 학생 신분이었고, 집이 필하모니 근처다 보니 혼자 자주 갔어요. 학생은 낮에 하는 저녁 공연 리허설을 무료로 볼 수 있었거든요. 그저 연주를 들을 뿐인데 눈물이 나기도 했어요. 내가 좀 못해도 괜찮아. 들을 귀가 있으면 되니까. 음악을 안 한 사람은 이해 못 할 거예요. 내가 어떤 공부를 했는데, 완벽히는 아니어도 조금이나마 이해할 수 있는 눈을 뜬 것만으로도 감사하다는 것을요. 아이 낳고 나서도 남편에게 맡겨놓고 가서 계단에 앉아 듣고 오고 그랬어요. 행복이었죠. 도낏자루 썩는 줄도 모르고.

함께 시작한 유학 생활이었다. 하지만 아이가 생기고, 남편이 박사과정에 들어가면서, 누군가 한 명은 집에서 두 아이를 돌봐야 했다.

김선혜 조그만 계획들을 세워가며 궤도를 수정해야 했어요. 남편이 미울 때도 있었죠. 하지만 남편은 우리가 한배를 탄 건데 왜 자꾸 두 배인 것처럼 얘기하냐, 하더라고요.

정성은 나의 성공이 곧 너의 성공이라는 거네요? 참…….

김선혜 시간이 흐를수록 정신없이 바빠졌어요. 애들이 크면 뭘 배우기 시작하니까 엄마들이 쫓아다녀야 하잖아요. 악기를 배워? 그럼 악기 들고 레슨하러 차 태워 보내죠. 연주회를 한다? 거기까지 데려다주고. 시간 내서 피아노 레슨한 게 제 유일한 일이었고, 그게 정신적으로 위안이 됐어요. 그 와중에 주말 부부 했지. 양쪽 다 너무 바쁘게 살아서 뭘 생각할 겨를이 없었어요.

정성은 어떤 면에선 부러워요.

김선혜 뭐가요?

정성은 정신없을 정도로 할 무언가가 있다는 것요.

너무 많은 자유가 주어지면, 뭘 할지 몰라 무력해질 때가 많다. 열심히 하지 않는 자신에 대한 수치심도 생긴다. 어쩌면 정신없이 굴러가는 수레바퀴 같은 삶이 더 건강한 게 아닐까.

김선혜 애들 어릴 때 제가 학교에 다녔거든요. 그래서 많은 걸 놓쳤어요. 소풍 단체 사진에 엄마는 없었죠. 도서관에 있느라. 그러다 어느 순간 혼자 육아를 맡게 됐어요. 우울했죠. 그런데 슬픔에 잠겨 있느라 지금을 제대로 못 살아내면 나중에 또 후회할 거 같은 거예요. 중요한 걸 자꾸 놓치면 안 되잖아. 현재 내 상황에서 제일 중요한 게 뭐지? 그걸 하는 거야. 뭘 해도 상관없어. 왜 정해진 일만 해야 한다고 생각하지? 내가 음악을 했으니 음악만 해야 하나? 내가 찻집을 열었지만, 음악을 했기 때문에 거기서 연주회도 할 수 있었어요. 사람이 드나드는 공간이다 보니 새로운 인연도 만들었죠. 이런 생각 어떻게 받아들일진 모르겠지만 사람은 자기만큼의 사람을 만나요. 그래서 내가 갖춰지면 모두와 친구가 될 수 있어요. 찻집에 자주 오는 연극배우가 있었어요. 함부르크로 이사를 간대. 속으로 생각했지. 여기서 일자리를 못 얻어 가는구나. 그런데 한번은 연극에 초대해서 갔더니 크나큰 극장에서 주인공 역을 하는 거야. 여기 사람들은 자기 얘기를 잘 안 해서 몰랐지.

정성은 가게를 한다는 건 그런 의미가 있군요. 우연히 들어왔다가 인연이 되는.

김선혜 근데 그 손님들도 사실 내가 결정하는 거예요. 손님들은 자기가 가게를 골랐다고 생각하는데, 아니죠. 만약 제가 선술집을 차렸으면 술을 좋아하는 사람들이 왔겠죠. 하지만 저는 찻집을 차렸고, 클래식 음악을 틀다 보니 이 분위기를 좋아하는 사람들이 오더라고. 아, 음악 좀 바꿔달라는 사람은 있었어요. 이건 장례식에서나 듣던 음악이라고.

정성은 그래서 어떻게 했나요?

김선혜 잘 설명했죠. 클래식이라고. 하지만 그 사람은 다음에 안 오겠죠. 이렇게 손님층이 생기는 거죠.

정성은 한편으로는 그게 사람의 급을 나누는 일이 될 수도 있지 않나요? 저는 가끔 불편하기도 해요.

김선혜 그런가. 그럴 수도 있겠네요. 저를 작아지게 만드는…… 몇 달 전에도 아는 동생이 지나가는 말로 상처를 주더라고요. 언니는 이제 음식점을 하니까, 이거 하는 사람이 된 거라고. 그래서 내가 말했죠. 이걸 할 수도 있고, 그만두고 음악 관련 일을 할 수도 있다고. 그러니까 아니래요. 이미 이 길로 왔으니 못 한대요. 그건 네 생각이라 했어요. 이 일이 다른 걸로 이어지기도 한다고. 사람이 뭔가를 하는 게 왜 중요하냐면요, 그걸 보고 사람들이 와서 계속 새로운 걸 던져주기 때문이에요. 저한테도 그래요. 이거 해보라고, 저거 해보라고. 만약 제가 아무것도 안 하고 방에만 있으면 누가 나한테 와서 그러겠어요. 내 어디를 믿고.

뭔가를 지속적으로 잘해오다가도, 그걸 잠시 손에서 놓다 보면 금세 자신이 사라진다. 일을 그만두고 여행을 하면서 얻은 것도 많지만 잃은 것도 많다. 그것에 겁이 났는데, 사장님 말을 들으며, 일단 가게 문을 열어놓는 것의 중요성에 대해 생각했다. 그 문을 잠시 닫는다고 해도, 그때 그걸 했던 나는 사라지지 않는다는 것도.

김선혜 그렇다고 딸에게 무조건 커리어우먼이 되라 하고 싶진 않아요. 사람이 어떻게 자로 잰 듯 똑같이 살겠어요. 하다 보면 예상치 못한 기회가 오기도 하니까. 여유 있게 해, 괜찮아, 네 한도 내에서 하면 되지, 남들이 뭐 해봐라, 하는 거, 여기까지 했으니 저기까지 더 해봐라 하는 거, 그거 안 들어도 된다고. 결국 선택은 네가 하는 거라고.

가게를 하면서 그는 배웠다. 그 누구도 나에게 조언할 수 없다고. 왜? 품고 있는 게 다르니까. 그래서 어느 누구의 얘기도 안 듣는 것으로 했다. 어느덧 11년, 누가 올세라 간판도 안 달던 시절을 지나 이젠 제법 괜찮은 가게가 되었다. 이렇게 오래 할 수 있는 비결을 물으니 쉼이라 했다.

김선혜 독일에 처음 왔을 때 놀랐던 게, 티브이를 보는데 영세민이라 해야 하나? 나라에서 금전적으로 지원해주는 사람들이랑 장관이 토론하는데, 그 사람들이 흥분하면서 우리는 여행 갈 돈도 없다, 이러는 거예요. 귀를 의심했어요. 아니, 국가에서 주는 돈으로 살면서 무슨 여행? 근데 장관이 진땀을 흘리며 대답하더라고요. 노력하겠다고. 여기 시스템을 모르니 충격이었죠.

나도 쉬니까 너도 쉬어야지. 이 나라는 쉼을 인정하는 분위기다. 처음 가게를 열 때 사람들은 조언했다. 하루도 빠짐없이 매일 열어야 한다고. 장사란 그런 거라고. 하지만 이젠 그 말을 듣지 않는다. 여름엔 3주 휴가도 떠난다.

김선혜 자주 오는 손님이 그러더라고요. 아쉽지만, 네가 힘들어서 그만두는 것보단 낫다. 그건 우리 손해니까. 단골손님이 어디 가겠니? 쉬고 와.

한국이 개인이 부자라면, 독일은 국가가 부자인 나라다. 세금을 많이 내는 만큼, 사회보장제도가 잘 되어 있다. 물론 선자리마다 다르고, 내 걸 조금 포기해야 하지만.

김선혜 다른 얘긴데, 애들 키울 때 이런 적이 있어요. 당시 딸 바이올린 선생님이 러시아 출신이었는데 여름 휴가를 떠난다는 거예요. 아니 그럼 우리 애들 레슨은 어쩌고? 그러니까 그럼 너도 가자! 이러는 거예요. 숙소 구해주겠다고. 그래서 갔는데, 선생님이 숙소로 소개해준 집이 너무 오래돼 쓰러져가는 거예요. 집주인 가족이 감자 먹는 걸 보는데 가슴이 미어질 정도였어요. 그래서 이틀 묵고 떠나면서 돈 봉투를 건넸어요. 재워줘서 고맙다고. 근데 눈물을 흘리는 거예요. 우리 친구 아니었냐고. 왜 돈을 주느냐고. 아니, 나는…… 당연히 그런 사례할 수 있는 거 아니에요? 근데 친구라고, 끝까지 돈을 안 받는 걸 보며 생각했어요. 그동안 내가 무슨 생각을 하며 살아온 거지?

정성은 저도 미안하면 뭐 사주거나, 돈으로 주거나 하기도 했는데…….

김선혜 독일에 오니 돈으로 안 되는 게 많더라고요. 일단 사람을 살 수가 없어요. 너무 비싸서. 유학 초기엔 내가 내 밥도 못 해 먹겠는 거야. 어릴 때 엄마가 밥을 못 짓게 했거든. 어차피 남 시키면 된다고. 네가 하는 습관 들이면 돈 있어도 자꾸 자기가 하게 된다고.

정성은 어머니 대단한데요?

김선혜 성은 씨도 그런 거 있지 않았나요. 부모님 도와주려 하면 됐고 공부나 하라고.

정성은 맞아요. 그랬어요.

김선혜 한국 사회가 그렇게 나를 키웠구나. 독일 와서 깨달았죠.

마지막으로 그에게 물었다. 만약 그때 다른 선택을 했다면 어땠을 것 같냐고. 이곳에 오지 않고 한국에 있었더라면.

김선혜 누구나 가지 않은 길에 대한 아쉬움은 있겠죠. 가장 크게 느낀 건 엄마 돌아가셨을 때였어요. 꼭 이렇게 멀리 왔어야 했을까. 그냥 엄마 곁에 있어도 되지 않았을까. 그런데 그 시절로 돌아가도 같은 선택을 할 것 같아요. 엄마한테 또 그럴 거고, 또 철이 없을 거고. 그걸 미리 알 수 있다면 좋을 텐데. 그래서 가끔 우리 아이들이 저한테 잘할 때 너무 미안해요. 나는 엄마한테 그렇게 못 했는데, 우리 애들은 왜 나한테 잘하지? 그래서 상처 주는 말 안 하려고 노력해요. 별것 아닌데, 부모는 그런 심정으로 한 게 아닌데, 아이들 마음에 상처가 오래 남기도 하거든요. 서로 기억하는 게 다르더라고요. 딸이 초등학교 1학년 때 학교 수련회 갔다가 머리에 이가 생겼대요. 그래서 자신이 이상한 사람이 된 줄 알았대요. 제가 끌어안으면서 괜찮아 엄마는 옮아도 돼, 하고 잠들었는데, 그게 정말 고마웠다고 해요. 어린아이도 이런 마음을 갖는구나…….

세계에서 가장 힙한 도시에서 들은 긴 이야기가 끝났다. 어떤 도시에서든 필연적으로 존재하는 이야기가 있다. 베를린도 예외는 아니었다.

떡볶이를 대접하다

청소 전문가 김학순 부부

며칠째 화장실에서 이상한 냄새가 났다. 앱을 켰다. 화장실 청소 서비스를 신청하자 어떤 남성과 연결되었다. 만나기로 한 날, 바깥일이 늦어져 그분이 먼저 도착했다. 이럴 땐 비밀번호를 알려드려야 했지만 혼자 사는 여성은 짧은 시간 온갖 상상을 한다. 그러다 수화기 너머 중년 여성의 목소리를 들었다. 부부시구나. 안도하며 비밀번호를 알려드렸다. 집에 오니 50대 후반 되어 보이는 부부가 땀을 흘리고 있었다. 문득 급하게 시간 변경을 요청했을 때 아저씨가 한 말이 생각났다. '그 시간은 너무 늦어 배고픈디 밥 줄랑가.'

떡볶이를 만들어드렸다. 부부는 당황해하며 "뭐 이런 걸 다……" 했지만, 어쩔 수 없이 입꼬리가 올라갔다. 같이 떡볶이를 먹으며 이런저런 얘기를 했다. 남편이 도통 돈을 벌어오지 않아 아내가 경제활동을 오래 했다고 한다. 어린이집 교사, 사회복지사, 목욕탕 청소, 홀서빙, 식당 주방…… 모두 처음 하는 일이라 잘리는 게 다반사였다. 아주머니는 말했다.

김학순 나는 열심히 한다고 하지만 그분들 보기에 마음에 안 드는 부분이 있을 거 아녜요. 그럼 바로 잘라. 내일부터 오지 말라고. 그럼 눈물 흘리며 또 다른 데 가는 거야. 애들은 키워야 하는데 남편은 일을 안 하지. 너무 힘들었어요.

옆에서 아저씨가 한마디 거들었다.

아저씨 이분이 모성애가 굉장히 강해요.

하지만 지금은 아저씨가 일해서 좋단다. 에어컨 고치는 일도 하고 청소하는 일도 하신다고. 아주머니가 더는 못 하겠다고 드러눕자 그제야 일을 시작하셨단다. 10년의 세월이 흐른 뒤였다. 하지만 아저씨에게도 그럴 만한 사정(?)이 있었다. 너무 부자였던 시절 때문이라고 한다. 1년에 용돈으로 한 1억 원 썼다나.

"뭐라고요? 진짜요?" 아주머니가 옆에서 허허 웃었다. "아파트가 열한 채 있었어요." 어쩌다 날리셨냐 물으니 IMF 때 상가를 분양받았는데 파산했다고 했다. 망하는 건 순식간이란다. 벼랑에서 떨어지는 것 같다고.

김학순 100억 부자들 있잖아요. 어떻게 저게 가능하지 싶었는데 돈이 벌릴 땐 막 들어오더라고. 조금만 굴리면 금방 100억 되겠다 싶으니 사람이 무서운 게 없어져. 사고 같은 게 나도 변호사 선임하면 돈으로 다 해결되니까. 그러다 예수님이 나의 교만함을 가져가셨네. 세상엔 가져서 고통스러운 것과 못 가져서 고통스러운 게 있는데 둘 다 겪어보니, 가지고 있다고 내 것이 되는 것도 아니고, 줬다고 해서 잃어버리는 것도 아니구나 싶어.

자식은 세 명인데 딸이 피아노를 전공하느라 돈이 부족해 마지막에는 남은 빌라를 팔아 가르쳤다. 그래서 집이 없다고.

김학순 아이들이 빨리 사회에 나가 직장 생활하길 원했는데 끝까지 공부하겠다네. 근데 그걸 못 말리겠더라고. 걔들 인생이 나보다 더 길잖아요. 젊었을 때, 힘 있을 때, 하고자 하는 열정이 있을 때 그걸 막으면 나중에 아이들 앞에서 할 말이 없겠더라고. 내가 좀 고생스럽더라도 너희들이 공부할 수 있으면 열심히 해라.

요즘 힘이 없어서, 힘이 있다는 게 뭔지 잘 알 것 같았다. 이번에는 아저씨가 대화를 이었다.

아저씨 이번에 딸이 대학원 졸업하거든. 아들도 공학 박사고, 막내도 간호대 다니다가 의학전문대학원 갔어. 이제 우리 노후만 준비하면 되는데, 고등학교 졸업하고 전기를 1년 배웠거든. 그게 경험이 되어서 삼성 에어컨 기사로도 들어가고, 거기서 배운 것으로 청소 일도 하고 있어. 내가 손재주가 좋거든. 이제야 아내에게 돈도 얼마나마 줄 수 있게 되었는데 이 사람이 돈만 생기면 자꾸 남에게 갖다 줘.

그게 기쁨이라고 아주머니는 말했다.

김학순 솔직히 내 돈 안 아까워하는 사람이 어디 있겠어요. 그런데 자꾸 생각이 나는 거야. 힘들 때 나에게 베풀어준 사람들. 근데 또 신기한 게 베풀면 그만큼 또 들어와. 아가씨도 예수님 믿어요.

알겠다고 했다. 그리고 이어지는 아주머니의 칭찬.

김학순 이 일을 하면서 느낀 게 뭐냐면, 내 집에 오는 손님이라면 일하러 오는 사람이라도 절대 그냥 보내지 않아야 한다는 거야. 내가 해보니까 너무 귀하신 분들이야 진짜. 근데 오늘 이런 대접을 해줘서 고마워요. 천사의 대접을 받는 기분이야.

천사의 대접이라니…… 과한 칭찬이지만 교회에 열심히 다니는 학순 씨니까 그냥 하는 말씀은 아닐 것이다.

정작 온 힘을 다했던 일에서는 칭찬은커녕 수고했다는 말 한마디 듣기 힘든 날들이었다. (당장 써야 하는 단편영화 시나리오가 전혀 풀리지 않고 있다.) 나에게 재능이라는 게 있다면 이야기를 지어내는 것보다, 이야기를 듣는 쪽으로 트인 게 아닐까? 이제부터 더 들어야겠다. 뒤늦게 손재주가 좋다는 걸 깨달은 아저씨처럼, 그 아저씨에 뒤늦음을 환영하는 학순 씨처럼.

2부

내가 비로소 내가 될 때

당신은 단점이 없나요?

유튜버 헤어몬

유튜브가 지금처럼 대중적이지 않던 시절부터 브이로그를 만들어온 사람으로서, 잘 나가는 유튜버들에게 양가적인 감정이 든다. 자신을 저렇게 드러낼 수 있다니 대단하다 싶다가도 하려면 나도 하겠는데 시도조차 못 하는 내 자신이 답답하다. 아무래도 용기가 부족한 것 같다. 못생겨 보이는 각도로 찍힌 내 얼굴을 사랑할 자신이 없고, 침착하지 않은 내 목소리를 직접 들으며 편집할 배포가 없다. 누가 나 좀 유튜브 할 수 있게 벼랑 끝에서 밀어줬으면 좋겠다고 생각할 때, 그를 만났다.

인터뷰 요청 메일을 보내자, 답이 왔다.

제안해주신 내용 흥미롭게 읽었습니다. 요즘 상상 이상의 관심을 받으며 제가 이런 사랑을 받아도 되나 싶어 작아만지는 시기인 것 같아요. 그럴수록 더 열심히 다가가야겠죠.

이 기쁨을 내 친구이자 그의 팬인 오다록에게 알렸다.

"그런데 갑자기 사랑을 받고 유명해지면 무서울 것 같기도 해."

"맞아. 최근 헤어몬이 헤롱이(헤어몬 채널의 구독자 애칭)들이 너무 많아져서 어디 가서 코도 못 판대."

우린 다록이 주문 제작한 헤어몬 얼굴이 그려진 티셔츠를 맞춰 입고 이태원의 한 작업실로 갔다. 유튜브에서 자주 보던 덕순이(강아지)가 우릴 맞아주었다. 누군가에겐 크고 누군가에겐 작을 8만이라는 숫자(2023년 5월 기준 그 숫자는 30만 명이 넘는다), 그 구독자를 모으기 위해 달려오는 동안 그는 유튜브를 통해 새로운 감정을 느끼고 있었다.

헤어몬 그냥 저 자신을 보여주는데, 사람들이 좋아해주니까 저를 더 돌아보게 되더라고요. 나는 이런 사람이었구나, 하고요. 제가 아직 큰 성공을 거둔 건 아니지만, 유튜브를 잘하려면 있는 그대로의 자신을 보여줘야 하는 것 같아요.

있는 그대로를 보여주면 사랑받을 거라는 확신은 어디서 오는 걸까? 멋진 말이지만 한편으론 이런 사람들만 유튜브를 할 수 있는 건가 싶다.

헤어몬 제가 의외로 자존감이 높아요. 뚱뚱하다, 못생겼다, 이런 말에도 전혀 타격을 안 받아요. 저는 제 좋은 점을 잘 알거든요. 웃기는 걸 좋아해서 어딜 가나 분위기를 풀어주는 사람이라는 자부심이 있어요. 누군가는 자신의 단점만 보잖아요. 그걸 고치기 위해 노력하고. 그런데 사실 그런다고 잘 고쳐지지 않거든요. 차라리 나의 장점에 집중해서 극대화하면 단점은 아무것도 아닌 게 되는 것 같아요.

정성은 그럼 비밀로 할 테니까 단점이 뭐예요?

헤어몬 음…… 뭐를 너무 많이 사는 거?

정성은 그건 단점이 아니고 헤어몬 캐릭터인데.

헤어몬 그러게요. 생각해본 적이 없네요.

정성은 단점이 생각 안 난다고요?

헤어몬 제가 봐도 좀 이상하네요. 왜 이러지? 친구들 때문인가.

그는 오래 사귄 친구 이야기를 해주었다.

헤어몬 제가 친한 친구가 둘 있거든요. 한 친구는 많이 발랄하고, 저는 중간이고, 한 친구는 차분해서 잘 어울렸죠. 그러다 보니 제 안에 여러 성격의 방이 생겼어요. 지금도 기억나요. 군대에 있는 2년 동안 차분한 친구가 일주일에 책을 두 권씩 보내면서, 읽고 전화로 토론하자고 하는 거예요. 지금 생각하면 감동인데 그때는 아 또 시작이네, 싶었죠.

정성은 어떤 책을 보내줬는데요?

헤어몬 철학책들이요. 《니체의 말》같이 가벼운 것부터 시작해서 다양한 책을 보내줬어요. 제가 이 친구 만나기 전까진 무척 소극적이고 대인기피증까지 있었거든요. 사람 얼굴 쳐다보면서 말도 잘 못 했고, 무엇보다 스스로 너무 못생겼다고 생각했어요. 스무 살, 스물한 살 이럴 땐 거울 보는 것조차 싫었죠. 이런 제가 딱했는지 그 친구가 많이 도와줬어요. 그런데 나중에 알게 된 건 그는 제가 부러웠대요. 걔를 통해서 다른 친구들도 사귀게 되었는데 그 친구들은 제 못 그린 그림이나 초등학생 같은 글씨체도 새로워했어요. 당시 저는 고등학교 졸업하고 미용실 다니며 일 배우는 애였는데 친구들이 그렇게 말해주니 자격지심 없이 잘 어울려 다니면서 좋은 영향을 받았고, 그러면서 제 모습들을 더 좋아하게 됐어요. 저의 가볍고 생각 없어 보이는 면들을 그 친구들이 좋아했거든요.

이 사람의 자존감, 자기를 좋아하는 면이 친구들의 사랑을 먹고 자랐구나 싶었다. 유튜브 잘하려면 솔직해야 하고, 솔직하려면 나를 잘 알아야 하고, 나를 알려면 나를 좋아해야 하고, 나를 좋아하려면 남들의 사랑이 있어야 하고, 그 사랑을 잘 받아들일 줄 알아야 한다.

정성은 선생님 얘기를 들으니 주변에 귀인이 많은 것 같아요. 저도 주변에 좋은 사람이 많지만 다른 점이 있다면 한 번씩 멀어지거나 심하면 절교한다는 거예요. 그게 쌓이니 인간관계에 자신감이 떨어지기도 하고. 한번은 이런 적도 있어요. 제 친구가 인스타그램에서 저를 팔로우 안 하길래 왜 안 하냐 물으니 네 SNS 보면 질투 나서, 라고 말하더라고요. 친구 사이인데도 그럴 수 있구나 싶었죠. 이후로 내가 누군가를 질투하는 거 못

지않게 누군가 나를 질투할까 봐 걱정되기도 하는데 선생님은 어때요?

헤어몬 저도 그런 시기가 있었죠. 제가 자존감이 높다 했잖아요. 그래서인지 사람에게 별로 서운한 게 없어요. 누가 저에게 불친절하게 대해도 오늘 저 사람 힘든가 보다, 하고 넘겨요. 어떻게 보면 합리화를 잘하는 건데, 괜히 상처받고 스트레스 받고 그러면 제가 2차 피해를 받는 거잖아요. 그게 너무 싫거든요.

아, 근데 친한 친구한테 뭐라 한 적 한 번 있다. 제가 그 친구랑 친해지고 한두 달 지났을 때였나. 미안한데 나 너랑 친구 못 할 것 같다고 했어요. 걔가 좀 직설적인 면이 있거든요. 제가 맞춤법 틀리면 너는 진짜 이렇게 못 배운 티를 내면 안 돼, 이래요. 그래서 말했죠. 미안한데 너랑은 친구 못 될 것 같아. 너 같은 애랑은 안 맞아 미안해. 저는 그날로 바로 끝날 줄 알았는데 몇 시간 뒤 장문의 답이 왔어요. 네가 그렇게 생각했으면 너무 미안하고, 나는 네가 친구로서 너무 좋고 잘됐으면 하는 마음에 한 얘기인데 네가 그게 힘들다면 다시 안 하겠다. 놀랐어요. 얘가 내가 진짜 싫어서 그런 게 아니구나. 그런 게 아니었다면 원래대로 해도 된다. 그래서 지금까지 잘 지내고 있어요.

정성은 스트레스받을 상황을 애초에 슬기롭게 차단하시네요.

헤어몬 맞아요. 유튜브 댓글에 보면 제 영상으로 힐링받는

다는 말들이 있는데 처음엔 믿지 못했어요. 그냥 나랑 소통하고 싶어서, 내 댓글을 받기 위해서 그러는 건가? 그런데 요즘엔 정말 감사히 받아들이며 사명감도 생겼어요. 저는 제 인생에서 안 좋은 일을 배제하는 방법을 알아요. 설령 안 좋은 일이 생긴다 해도 안 좋은 일로 끝나지 않게 하는 방법을 안다고 생각해요. 제가 가진 행복해지는 노하우를 우리 혜롱이분들도 속속들이 알게 돼서 같이 행복해지면 좋겠다고 생각해요.

정성은 저도 선생님이랑 비슷한 성격이에요. 자주 행복을 느끼죠. 그런데 어느 순간부터 인스타그램에 진짜 행복한 순간은 못 올리겠더라고요. 나는 행복하고, 행복해지는 방법을 알고, 그거 되게 좋은 건데도 불구하고 이상한 마음이 자꾸 들어요.

혜어몬 비슷한 고민을 얘기한 사람이 있었어요. 멋있는 장소와 맛있는 곳을 많이 아는 감각 좋은 친구였어요. 그런데 인스타그램에 그런 걸 하나도 안 올리는 거예요. 그래서 너 왜 아무것도 안 올려? 했더니 이런 거 올려 봤자 남들이 질투만 하고 좋을 게 없대요. 그 얘기를 듣는데 마음이 아팠어요. 그건 남들이 보는 시선에 나를 맞춘 거잖아요. 내 인생을 왜 남의 손에 맡기죠? 인생의 설정값은 자신이 정해야 한다고 생각해요. 내 위치도 사실 남들이 정해주는 게 아니에요. 제가 정하는 거죠. 세상엔 남들의 시선 신경 쓰지 마라, 하는 말들 정말 많잖아요. 그걸 더 구체화해서 얘기하면 내가 행복한 사람이 되고 싶고, 진짜 괜찮은 사람이 되고 싶으면, 자기 자신을 괜찮다고 생각해야 해요.

그 말을 듣는데 괜히 울컥했다.

정성은 저 왜 이러죠. 너무 쭈구리로 살았나 봐요.

헤어몬 안쓰럽잖아요. 저 사람 저거 아닌데 싶으면 꺼내주고 싶은 마음이 커요. 제 친구 중에 내 인생에 연애는 필요 없어. 나는 연애해서 좋은 적도 없고 그거 되게 소비적이고 행복하지가 않아. 연애할 때 더 스트레스 받아, 하는 말을 자주 하는 친구가 있었어요. 처음에는 아 그렇구나. 그럴 수 있지. 너 마음 이해해, 했어요. 그런데 어느 날 걔가 또 그 얘기를 시작하는데, 너무 안쓰러운 거예요. 그거 진짜 아닌데…… 그래서 얘기했어요. 친구야. 네 인생이 이렇게 잔잔하게 흘러가잖아. 물론 그것도 좋은 인생이야. 하지만 연애를 하면 진짜 행복하고 진짜 딥해지거든. 그런 감정을 느낄 수 있는 건 연애밖에 없어. 연애로 인해 너는 정말로 많은 감정을 느낄 수 있을 거야. 근데 네가 연애를 안 하고, 지금처럼 일해서 행복하고 성취감 느끼고 맛있는 거 먹으면서 행복하고 친구 만나고 하면 즐거울 수 있지. 하지만 연애를 하면 감정이 파도처럼 솟구치며 밑으로 떨어졌다 저기로 날아갔다 곤두박질치거든. 이건 네 인생에서 정말 중요한 부분이고, 이걸 안 하는 건 너무 네 인생을 낭비하는 거야. 너의 얘기를 들어보니 너는 더더욱 연애가 필요한 사람이야. 근데 네가 연애를 싫어하는 이유는, 방법을 모르기 때문인 것 같아. 그 친구가 워낙 자기 고집이 세서 연애할 때 남 얘기를 듣거나 하지 않았었거든요. 근데 제가 이렇게 호소하니까 그럼 형 나 연애하는 거 도와줄 수 있어?

묻길래 도와줬죠. 이제는 저보다 더 연애를 잘하는데 아직도 그래요. 그때 형이 그렇게 얘기하지 않았더라면 이런 감정과 상황은 절대 오지 않았을 거라고.

정성은 선생님…… 저도 코치 좀…… .

헤어몬 같은 맥락으로 인스타그램에 자신의 이야기를 올리지 못하는 친구에게도, 친구야 그건 진짜 아니다. 네가 올리고 싶으면 올리면 되는 거고 그거를 싫어하는 사람이 있으면 그 사람이 너랑 안 맞는 거야. 세상에 얼마나 많은 성격이 있고 얼마나 다른 관점을 가진 사람이 있는데, 그 사람들한테 다 맞추면 절대 행복한 인생을 살 수가 없어. 그 뭐냐, 물렁물렁한 메타몽처럼 살면 많은 사람에게 네가 좋은 사람처럼 보일 순 있지만, 방에서 너 혼자 생각했을 때 행복한 인생은 아닐 거야. 왜냐면 네가 없으니까, 라고 말했죠.

여기 가면 김우준1, 저기 가면 김우준3. 이렇게 되면 절대 나 자신이 누군지 몰라요. 차라리 김우준1만 가지고 그걸 좋아해주는 사람들로만 구성하면 진짜 김우준1로 살 수 있는 거고, 그런 내 모습을 인스타그램에 올릴 때 누군가는 김우준 왜 저렇게 깝쳐? 생각할 수 있지만 그런 사람들은 배제하면 돼요. 그냥 네가 안 보면 되잖아. 이렇게 할 수 있는 사람이 돼서, 제 모습을 좋아하는 사람만 모으면 된다는 걸 깨달은 거예요.

긴 이야기를 들으며 생각했다. 나도 이제 마음 편히 행복해지고 싶다고. 인터뷰 내내 내 안의 질투와 미움의 사례들이 넘

실거렸다. 더 나은 질문을 하기 위해 나를 좀 깨끗이 해야겠다는 생각이 든다. 전부터 하고 싶었지만, 프로답지 못하게 보일까 봐 못한 일, 인스타그램 비활성화를 했다. 뭐 어때, 내 공간인데. 거기에 쓰던 에너지를 다른 곳에 써봐야겠다. 그게 유튜브가 돼도 좋을 것 같다.

이게 내러티브예요

단편영화 감독 이윤선

동아리 후배에게서 연락이 왔다. 아는 동생이 조별 과제 다큐멘터리를 찍는데 출연해줄 수 있냐고. 무슨 내용인지 물으니 영화감독을 포기한 사람들은 어떻게 살고 있는가, 하는 내용이라고 한다. 흔쾌히 알겠다고 하는 걸 보니 이제 정말 포기했군 싶다.

약속 당일, 대학생 네 명이 몰려와 이것저것 물었다. 10년 전 영화를 찍을 땐 어떤 마음이었는지, 왜 영화감독이 되고 싶었고, 어쩌다 포기하게 되었는지. 당시 나는 동아리에서 꽤 기대주였던 걸로 기억하는데 왜 포기했는지는 생각이 잘 안 났다. 그래서 대충 떠오르는 대로 말했다. 이야기를 지어내는 것이 어려웠고, 연출보단 편집하는 걸 좋아했는데, 그렇다고 편집 감독이 되자니 폼이 안 났다고. 그렇게 영화감독을 꿈꾸다 가난이 걱정돼 PD로 진로를 바꿨다가 시험에 여러 차례 떨어져 프리랜서 영상 제작자로 활동하다가 그것도 때려치우고 글 쓰며 스탠드업 코미디판에 기웃거리는 내 이야기를 하는데 허탈함이 밀려 왔다.

"뭔가 미꾸라지처럼 계속 빠져나가는 인생 같네요……."

인터뷰 후 기진맥진해 있는데 동아리 후배가 다가와 말했다.

빠져나가는 게 아니라 하고 싶은 걸 좁혀나가고 있는 것 같다고. 그 말 덕분에 그 친구와 더 이야기할 체력이 생겼다. 무슨 대답을 듣고 싶어 이런 기획을 했냐 물으니 자신도 영화감독이 되고 싶은데 막막해서 그랬단다.

이윤선 저는 단편영화 찍는 걸 좋아하거든요. 그런데 영화판은 결국 장편을 찍어야만 감독으로 인정해주는 분위기가 있는 것 같아요. 단편만 찍는 사람들을 영화감독이라 부르진 않잖아요. 그런데 제가 장편영화를 찍고 싶은가 생각하면 그건 아니거든요. 혼란스러웠어요. 제가 좋아하는 감독님 중에도 단편영화만 찍다가 사라지는 분도 계시고, 더는 작품이 안 나오는 분도 많다 보니 궁금했어요. 그 많던 단편영화 감독님은 어디 갔을까?

정성은 그럼 저를 인터뷰할 건 아닌데…….

이윤선 맞아요. 사실 사라졌다고 생각했던 감독님들을 다시 불러 상영회도 하고 상영회 현장까지 찍는 게 원래 구상이었어요. 그분들이 지금 뭐 하고 사는지와는 별개로 영화를 좋아했고 찍었다는 사실은 사라지지 않으니까. 그러다 방향성이 바뀌었고, 지금은 '영화를 왜 포기했을까'로 바뀌었어요. 누가 어떻게 그 분야에서 잘 되었는가에 대한 기록과 주목은 많지만, 포기의 역사를 담는 내용은 별로 없잖아요. 그걸 꺼내기 힘든 사람도 많을 거고. 그래서 그 이야기를 들어보자, 하는 게 기획 취지였는데 인터뷰를 하면서 느낀 게 많아요.

정성은 뭘 느꼈어요?

이윤선 분명 포기의 역사라는 주제로 모았고, 그게 맞기는 한데 그 단어가 너무 거창한 거예요.

정성은 왜요?

이윤선 어떠한 단계에 불과한 느낌을 받았어요. 사실 인터뷰하기 전엔 포기의 과정을 통해 생긴 모종의 결핍이 다들 있을 거란 전제하에 질문을 짰거든요.

정성은 영화를 못 찍어서 생기는 패배감이나 결핍을 계속 가지고 있을 거다?

이윤선 그런데 아니었어요. 다들 너무 잘 살기도 하고, 영화를 안 하겠다 마음먹은 것 자체가 자신을 찾는 일 중 하나였던 거예요. 그걸 해야겠다 결심한 것도 과거의 나지만 그걸 지속했을 때 행복한가? 의심하고 결국은 더 맞는 걸 찾는 것도 나였던 셈이죠.

정성은 어떤 사람들을 만났는데요?

이윤선 총 네 분을 만났는데요, 한 분은 영화를 사랑해 영화과에 들어갔지만, 그 과정에서 영화를 찍는 것보단 시나리오를 콘티로 옮기는 일이나 영화 평론을 더 좋아한다는 걸 깨달았대요. 본인이 생각한 재미가 그곳에 없다 보니 지금은 영화 메타 데이터를 수집하는 회사에서 일하고요.

정성은 영화 메타 데이터가 뭐에요?

이윤선 예를 들어 〈기생충〉이라는 영화의 감독이나 촬영 감독, 스태프 리스트, 제작사…… 이런 정보들을 수합해 공유하는 일인데 그런 회사가 전문적으로 있나 봐요. 자기가 생각보다 창작에 관심이 없다는 걸 창작을 하면서 느꼈고, 지금은 회사 다니는 게 행복하다고 하는데 무엇보다 잠을 잘 자서 너무 좋다고 해요. 그걸 듣는데 용기가 생기더라고요. 저 역시 영화를 무척 좋아하고 찍는 것도 좋지만 어느 순간 그러지 않아도 되는 거구나. 저는 제 미래가 걱정됐거든요.

정성은 구체적으로 어떤 게 걱정됐어요?

이윤선 제가 영화를 만드는 데 시간을 많이 쏟았거든요. 다른 친구들이 취업 준비하거나 자격증 딸 때 몽상가들(영화 제목이지만, 여기서는 동아리 이름이다)에 찌그러져서는.

정성은 몇 살인지 물어봐도 돼요?

이윤선 스물세 살이요.

정성은 전 서른네 살이요…….

이윤선 제가 계속해온 영화를 단순히 재미없다는 이유만으로 안 하게 됐을 때 뭐가 남을까 하는 두려움이 컸어요. 그에 대한 답을 찾기 위한 인터뷰는 아니었지만, 답을 찾을 수 있는 시간이었어요. 다른 한 분은 현재 공무원 시험을 준비하는데 여전히 영화 찍는 게 좋지만, 무엇보다 자신이 안정성을 중요하게 여기는 사람인 걸 알게 됐대요. 저도 영화를 찍으면서 부정적인 감정이 들 때가 있는데, 그럴 때 너무 슬퍼하기보단 뭐가 나랑 맞고 안 맞는지를 생각하는 사람이 돼야겠다, 싶었어요.

정성은 부정적인 감정에 대해 생각하는 사람이 되어야겠다? 더 자세히 말해줄 수 있나요?

이윤선 지금 슬프고 외롭고 힘들다고 쳐요. 거기에 매몰되어 있지 말고 생각을 해보자는 거죠. 내가 왜 하필 지금 신체적으로 유독 힘들까. 아닐 때도 있으니까요. 그게 나의 기호가 될 수도 있겠구나. 지금까지 저는 그런 순간마다 내가 나약해서, 내가 다른 사람에 비해 체력적으로 모자라서, 내가 심리적으로 마음이 단단하지 못하고 예민해서 생긴 문제라 생각해 많이 자책했거든요. 하지만 인터뷰를 하면서 그게 일종의 기호가 될 수 있다는 걸 느꼈어요.

정성은 어떻게 벌써 그런 생각을 하죠? 남들은 더 나이 먹고도 깨닫지 못하는 걸…….

이윤선 그런가요? 성은 님 인터뷰를 하면서도 그런 걸 느꼈어요. 나를 알아가는 시간이라 생각하니까 마음이 편해요. 남의 이야기를 듣는다는 게……. 사실 저도 다큐멘터리 수업을 통해 처음 해본 건데, 살면서 누군가의 이야기만을 듣기 위한 장을 가져본 적이 없더라고요. 귀한 자리구나. 오로지 누군가의 이야기를 들어주기 위한 시간을 갖는다는 건.

어느 블로그에서 이런 문장을 본 적 있다. "타인의 자기기만적인 메커니즘을 들여다보는 것은 자신을 들여다보는 일보다 훨씬 수월하다." 그래서 인터뷰가 좋다. 다른 사람과 이야기하다 보면 내가 얼마나 자기기만 속에서 살아왔는지를 깨닫게 된다.

정성은 생각해보면 저도 다큐멘터리 만드는 걸 더 좋아하는 사람이었는데 그걸 인정 못 해 힘들었어요. 영화가 더 멋있고 있어 보이니까. 혹시 '원의 독백'이라는 유튜버 알아요? 짧은 영상을 영화처럼 만드는 사람인데, 그 사람은 짧은 걸 계속 만들어 올려 그것만으로 팬덤이 생겼거든요. 나는 긴 걸 못 만드는 사람이야, 하는 게 아니라 나는 짧은 걸 잘 만드는 사람이야, 하면서 계속 밀고 나가면 되는 건데……. 세상엔 좋아 보이는 것, 내 마음을 흔드는 게 너무 많다 보니 휩쓸릴 수밖에 없죠. 그래서 윤선은 단편영화 만드는 게 왜 좋아요? 그리고 긴 건 왜 하기 싫어요?

이윤선 저는 스토리나 내러티브보다는 이미지와 아이디어로서 충격을 주는 게 재미있는 것 같아요. 제 영화나 소설 피드백이 다 똑같거든요. 이미지나 아이디어는 좋은데 내러티브가 없다. 근데 저한테는 이미지가 내러티브 자체거든요.

윤선은 책상 위에 있는 종이봉투를 가리키며 말했다.

이윤선 이걸 보면 누군가는 내러티브가 없다 하겠죠. 그런데 저한테는 내러티브가 있거든요. 누가 이걸 갖다 놨지? 왜 여기에 있지? 그런 식으로 상상하다 보니 작업물이 길어지면 사람들이 재미없어하더라고요. 저도 지루하고. 그래서 계속 짧게 만드는 것 같아요.

정성은 현대 미술 같은 사람이네요.

이윤선 단편영화를 몇 개 찍다 보니, 너무 각 잡고 뭔가를 하는 게 부담스러워서 요즘엔 혼자 찍고 편집해요. 제가 나오는 영상들을 만들어 유튜브에 올리는데 너무 재밌어요.

정성은 구체적으로 어떤 게 재밌죠?

이윤선 창작 과정에서 우연적인 요소를 만나는 게 재밌고, 통제할 수 없는 것들이 들어갔는데 그게 예쁘면 신비로워요. 와, 이건 내가 아무리 노력해도 상상할 수 없던 건데, 하면서.

정성은 그니까요! 제가 다큐를 좋아하는 이유도 그거예요.

이윤선 그런 것들이 믹스매치되면서 이거 넣어볼까? 저건 어떨까? 하며 타인의 검열 없이 그냥 보여주는 게 좋아요. 마음에 아주 많이 들어서 넣는 게 아니라 조금 괜찮은 것 같은데? 하면 넣는 거예요.

정성은 와. 뭔가 해방되는 느낌이에요.

이윤선 이상하고 뭔지 모르겠다 하시는 분도 계시는데 당연히 이상하고 뭔지 모르죠. 제가 그렇게 만들었으니까. 제가 만들고 싶은 걸 타인이 완벽하게 알 수는 없죠. 그냥 뭔가 어떤 한 덩어리가 나오는 게 재밌어서 하는 거지.

정성은 진짜 작가 같다.

이윤선 그런가요? 감사합니다.

정성은 그래서 이 일은 계속할 건가요?

이윤선 네, 일단은. 영화를 찍으면 밥이 맛있어요.

정성은 네? 무슨 말이죠?

이윤선 제가 진짜 식욕이 없거든요. 음식을 많이 먹으면 몸이 잘 안 받아요. 그래서 저한테는 뭐 먹고 싶어? 하는 게 정말 한숨 나오는 질문이거든요. 근데 촬영장에 있으면 밥이 맛있어요. 도시락도 두 개씩 먹고 그래요.

정성은 사람들이 하나의 목표를 향해 같이 달려가는 촬영 현장이 좋은 거예요? 아니면 장면을 만들어나가는 걸 눈앞에서 보는 게 즐거운 거예요?

이윤선 음. 굳이 고르자면 전자인 것 같은데……. 어쩌다 보니 그렇게 됐어요. 친구들 영화에서는 주로 조연출과 미술 감독을 했고 나머지 기간엔 제 걸 만들었어요.

정성은 남의 걸 도와주는 거, 재밌어요?

이윤선 태도를 배우는 게 재밌어요. 감독이 이렇게 하면 영화가 잘 흘러가네? 스태프가 이렇게 일하니 분위기가 안 좋아지네? 미술 보조님이 뭘 준비해 오셨는데 이거 너무 도움이 되네? 누굴 도와주는 건 그런 의미에서 재밌는 것 같아요.

영화 전반에 대한 관심이 많고, 그걸 잘 배우고 싶어 하는 욕망이 느껴졌다. 나는 그게 없어서 다른 사람의 작업을 도와주기 싫어한 건지도 몰랐다.

이윤선 현장에서 돌아오면 밤에 피드백 일지도 썼어요.

뭐지 이 사람.

이윤선 그걸 제 촬영장에서 많이 적용했죠. 배우님이랑 연락할 때 이런 워딩은 문제가 되는구나 싶으면 그걸 쓰지 않기 위해 적어두는 식이죠. 지금은 조연출이지만 언젠가 제 영화 찍을 때 적용할 수 있게 관찰하고 실험한다고 해야 하나.

무서운 사람이었다.

이윤선 그런 식으로 하니까 계속 저를 찾아주는 것 같아요.

이렇게 살아야 사람들이 계속 찾아주나 보다. 반성했다. 처음엔 그냥 힘없는 예술가인 줄 알았는데 프로 일꾼의 면모를 들으니 대체 어떤 작품을 만드는지 궁금했다.

이윤선 처음 몽상가들에서 만든 영화가…… 선풍기를 의인화해서 만든 영화였어요.

정성은 네? 선풍기?

이윤선 선풍기는 참 뭐랄까? 사람들이 그 앞에 앉아 멍하니 바람을 맞잖아요. 그게 무척 섹슈얼하게 느껴졌어요. 멍하니 무언가를 바라보는 것 자체가.

그러면서 앞을 멍하니 쳐다보며 표정을 짓는데 맞은편에 앉아서 그런가, 기분이 이상해졌다.

이윤선 그리고 여름에 더워서 땀을 흘리는데…….

정성은 변태군요.

이윤선 선풍기 앞에서 사람들이 옷을 벗잖아요. 씻고 나와서 말릴 때도 그 앞으로 가고. 혹시 이런 자세 아세요? 더울 때 윗옷을 이렇게 해서 선풍기를 안에 넣는 거.

듣는데 얼굴이 빨개졌다.

이윤선 그걸 영상화하면 재밌겠다는 생각이 들었어요.

정성은 반응은 어땠어요?

이윤선 생각했던 것보다 좋았어요. 그리고 훨씬 아련하게 나왔어요. 저는 좀더 그로테스트한 걸 상상했거든요. 이게 막 손가락도 안에 넣어보고 싶고 그렇잖아요. 선풍기에.

정성은 미친 변태군요…….

이윤선 그래서 물고 피나는 장면도 있는데, 왜 그렇게 아련하게 나왔는지는 모르겠어요. 제목이 〈나의 선한 친구에게〉거든요.

정성은 왜 선한 친구예요?

이윤선 선풍기의 어떤 선선한 그런 느낌?

……!

이윤선 그런 것도 있고, 그게 가만히 있잖아요. 당해주고.

정성은 당해준다고요?

이윤선 선풍기는 그냥 계속 그 자리에 있잖아요. 영화에 아역 배우들도 나오거든요. 그들은 자라지만 선풍기는 세월에 따라 낡으면서 계속 그 자리에 있죠. 그게 뭔가, 의도 없음? 그 아이가 거기에 있는 거엔 의도가 없으니까.

정성은 정말 선하네요.

이윤선 그 의도 없음이 너무 선한 거예요.

정성은 이야기하는 걸 듣다 보니 제가 영화 만들고 싶어 할 때 도와주었던 사람들의 마음을 조금 알 것 같아요. 그땐 왜 나를 도와주는지 몰랐거든요. 그런데 지금 윤선을 보니 감독의 색깔이 너무 독특해서 저도 뭔가 도와주고 싶고, 옆에서 구현해주고 싶어요. 그 친구들에게 미안하네요. 작년에 단편영화 만들어보겠다고 했다가 마지막에 포기했거든요.

이윤선 그럴 수 있죠.

정성은 좀더 없어요? 보기보다 많이 변태 같으세요. 이쪽으로 더 나가도 좋을 것 같은데.

이윤선 지금 시나리오 쓰는 건 옷걸이 가지고 노는 두 여자 이야기예요.

정성은 〈아가씨〉 같은 거예요?

이윤선 제가 그걸 못 봐서……. 옷걸이를 늘리면 가오리 같기도 하고 열대어 같기도 하잖아요. 그렇게 둘이 형태를 바꿔가면서 놀다가……. 근데 옷걸이에 고리가 있다 보니…….

정성은 설마 그것도…….

이윤선 그건 아니고, 옷걸이 안에 머리를 넣는다고 해야 하나? 그렇게 끌고 다니며 놀아요. 그러다 옷걸이를 입에 넣어요. 약간…… 이렇게? 그러고 상대를 들어 올리려다 입에서 상처가 나서 만지고 그런 내용인데 아직 덜 썼어요.

정성은 특화되셨네. 제발 계속해주면 안 되나요?

이윤선 하하. 그럴게요.

정성은 그럼 마지막으로, 1년 휴학하고 영화만 만들고 살다가 복학한 요즘의 최대 관심사는 뭐예요?

이윤선 지금까지 이렇게 말하다가 갑자기 민망한데, 요즘엔 연극에 관심이 있어요. 그래서 극회에 들어갔어요.

정성은 연출에 관심 있나요?

이윤선 아니요. 조명을 하고 싶어요. 연극 조명이 영화와는 또 다른 게 너무 멋지더라고요. 거기 기웃거리느라 몽상가들은 잠깐 쉬고 있어요.

신기했다. 내가 무언가에 기웃거릴 땐 그러는 스스로가 좀 한심해 보였는데, 남이 기웃거리는 걸 보니 궁금해진다. 윤선은 거기서 또 어떤 걸 배워 올까? 무얼 느끼고 그다음 행보는 어디일까? 어쩌면 나를 바라보는 누군가도 같은 마음이지 않을까 하는 짐작에 불안이 조금 누그러진다. 오늘 만난 아름다운 변태 덕분에.

섹시한 할머니가 될 때까지

여행자 굿수진

내 걸 하고 싶은 욕망이 넘쳐나는 시대다. 회사원 시절 굿수진도 그랬다. 하지만 도전하진 못했다. 실현하지 못할까 봐. 대신 다른 사람의 꿈을 도왔다. 마케터로서 그가 맡은 업무는 '내 것'이 있는 사람들을 지원하는 일이었다. 가능성 있는 유튜버들을 발굴하고, 협업을 제안했다. 하지만 일을 하면 할수록 부러움만 커졌다. 질투도 났다. 왜 저 사람은 내가 1년 동안 버는 돈을 한 달에 벌까. 나는 왜 못하지. 뭐가 다르지. 누구는 예뻐서 잘되고, 누구는 평범해서 잘되고, 누구는 웃겨서 잘되는 시장이었다. "뭐가 비결인지 모르겠더라고요. 다만 한 가지는 확실했어요. 그 사람들은 했고, 저는 안 했다는 것."

나보다 조금 앞서간 사람들의 뒤를 따라가는 게 인생이라면, 수진 님 앞엔 유튜버들이 있었고, 내 앞엔 수진 님이 있었다. 그렇게 우리는 우리가 꿈꾸는 쪽으로 조금씩 이동했다. 수진 님은 회사를 그만두고 세계 여행을 하는 유튜버가 되었고, 나는 수진 님이 하와이에서 보내는 편지를 구독하며 해외로 나가는 꿈을 꿨다.

하지만 굿수진이란 사람이 본격적으로 궁금해진 건 이별 브이로그 때문이었다. '숱한 이별을 겪고 배운 것들'이라는 부제를 단 영상에서 그는 고백했다. “예의 없는 이별을 당하고 나니 지난 시간이 다 부정당하는 느낌이 들었어요. 그러다 하루는 이런 생각이 들더라고요. 그 사람이 나를 그런 식으로 끊어내지 않았다면 나는 그 사람이랑 못 헤어졌겠구나. 어떻게든 나를 바꿔가며 그 사람 곁에 머무르려고 했겠구나. 그 사람이 너무 탐났거든요.” 이 사람, 참 솔직하구나. 그래서 기회를 틈타 물었다. 당신 어떻게 솔직한 자기 얘기를 그토록 잘하냐고.

굿수진 저는 무서운 거 뒤에 진짜가 있다고 생각하거든요. 뭔가를 이야기할 때 나도 겁이 나야 좋은 게 되지 않을까, 그런 생각해요. 근데 진짜 가끔 그럴 때가 있거든요. 올리고 나서 잠 못 드는.

정성은 겁에 대해 좀더 구체적으로 얘기해줄 수 있나요?

굿수진 아빠가 어릴 때 돌아가셔서 항상 죽음에 대해 생각하며 살았어요. 그런데 사람들은 죽음을 무서워하잖아요. 그런 이야기들? 퇴사 이야기를 할 때도 겁이 났던 것 같아요. 우울증 이야기도요. 엄마도 자주 그러거든요. 그런 얘기 사람들한테 좀 하지 말라고.

정성은 어떤 이야기요?

굿수진 누구랑 헤어졌거나 데이트했던 이야기요.

굿수진의 영상 중에 그 두 이야기가 가장 재밌었는데. 엄마 말이라고 해서 다 맞는 건 아닌 것이다.

정성은 수진 님이 그랬잖아요. 누구는 예뻐서 주목받고, 누구는 평범해서 주목받고. 그럼 수진 님은 무엇 때문에 주목받는 것 같아요?

굿수진 음…… 사실 그 얘기도 제가 너무 쉽게 분류한 게 아닌가 싶어요. 사람들은 결국 '이야기'를 듣고 싶어 하는 것 같아요. 이야기하는 사람만이 결국 살아남는다고 생각해요. 당장 내 것이 뭔지는 알 수 없지만 나랑 비슷한 사람들, 나를 좋아하는 사람들이 찾아줄 테니까. 일단 그렇게 이야기를 시작하면 힘이 생기는 것 같아요.

두근거리면서도 의아했다. 말을 많이 하는 것에 대해 피로를 느끼고, 밑천이 드러날까 두려워하는 사람들도 많으니까. 그런데 이야기를 해야 그 사람의 힘이 생긴다고?

굿수진 우린 늘 이야기에 매혹되잖아요. 그래서 소설을 읽고, 영화를 보죠. 저도 완전히 정리된 생각은 아닌데요. 누군가가 자기 이야기를 하잖아요. 그럼 누군가는 그걸 듣잖아요. 그게 쌓이면 그 사람에 대해 우린 알게 되죠. 반면 입을 다물어버리면 내 이야기는 세상에 없잖아요. 사람들이 듣고 싶어 하는 이야기를 하면 더 좋겠지만, 꼭 그렇지 않더라도 이야기를 하는 사람은 결국 그 이야기를 들어줄 사람을 찾을 테고, 이야기를 들어줄 사람이 생기기 때문에 그 이야기를 계속할 힘을 얻고, 그래서 이야기가 이어질 수 있다고 생각해요.

이런 생각을 하는 사람이라니, 신기했다. 그런데 어떤 면에선 이야기를 해야 한다는 압박으로도 느껴졌다. 누군가는 자신의 인생에서 일어난 이야기들을 혼자 간직하는 것만으로 충분하니까. 인스타그램을 안 해도 충분히 행복한 사람처럼.

굿수진 성향이 다른 것 같아요. 혼자서도 자기만의 세계를 잘 구축하고 그 안에서 행복을 느끼는 사람이 있는 반면, 세상과 밀접하게 관계를 맺으며 행복을 만들어가는 사람도 있잖아요. 그런데 제가 말하는 이야기가 막 대단한 게 아니에요. 혹시 인스타 인플루언서 중에 '춈미'라고 아세요? 그분 스토리를 한 번 보면 다 보게 되거든요. 재밌고 유쾌해서. 그러니까 그 사람에 대해 많이 알게 되고, 그 사람 얘기가 올라오는 게 반갑고, 더 읽고 싶고, 요새 어떻게 지내나 궁금하고……. 그냥 이런 게 이야기인 것 같거든요. 반면 누군가는 인스타그램을 할 때도 아 오늘 맛있었다, 또 만나자 얘들아, 하고 끝나버리잖아요. 거기엔 이야기가 없죠. 다른 사람들이 이해할 수 있는 맥락이 없는 거예요. 조금 더 내러티브가 있는 이야기를 보고 싶은 거죠. 이 사람의 시선으로 세상을 봤는데 뭐가 있더라 하는 사소한 것들이요.

그 말을 들으니 나도 이야기하고 싶어졌다. 그렇다면 이야기를 해야 한다는 생각은 어떻게 하게 된 걸까?

굿수진 제가 오랫동안 세계 여행을 한 적이 있어요. 보통 여행이 끝나면 사람들이 자아를 찾았다느니 뭐가 됐다느니 이러던데 전 수중에 땡전 한 푼 없고, 백수고, 세상에 좋은 게 많다는 걸 알게 되니 더 일하기가 싫은 거예요. 그때 좀 힘들었어요. 왜 이런 걸 아무도 안 가르쳐줬을까? 그런데 사람들이 어딘가에 다 남겨놓긴 했더라고요. 소설가는 소설로 써놓고, 시인은 시로 쓰고. 누군가는 블로그에 올려두고. 그걸 보면서 생각했어요. 내가 대단한 예술가는 못 돼도 내 이야기 정도는 발굴할 수 있지 않을까? 이 세상에 사는 행운을 얻었으니, 살면서 배운 걸 다음에 올 사람들에게 남겨주고 가면 좋지 않을까? 그래서 더 이야기를 하게 됐어요. 이야기의 기준은 간단해요. 이 이야기가 과거의 나에게 도움이 되었나? 혹은 미래의 내가 기억하길 바라나? 둘 중 하나만 통과하면 누군가에게는 도움이 될 거라 생각하거든요.

정성은 서로가 기대고 알려주는 이어달리기 같아요. 세상에 수많은 콘텐츠가 쏟아진다고 하지만, 막상 이야기를 하는 사람은 한 줌이잖아요. 안 하는 사람들이 더 많으니까. 그들의 생각도 궁금해지네요.

굿수진 그러게요. 오히려 그런 곳에 보물이 숨어 있을 수도 있겠네요. 저는 사람들이 이야기를 좀더 나눠주면 좋겠어요. 서로 알고 있는 거 너무 많고, 도움이 될 이야기들이 너무 많은데, 가까운 친구들에게만 해주고, 술자리에서 몇 번 하면 사라져버리니까. 그게 너무 아까워요.

정성은 맞아요……. 그래서 수진 님, 이 여행 언제까지 할 거예요?

굿수진 될 때까지요.

정성은 정말요?

굿수진 저에겐 여행 개념이라기보다…… 사실 전 이제 한국에서 사는 건 거의 끝났다고 생각해요. 오히려 한국으로 여행을 가거나 사람들 만나러 잠깐씩 살고 싶긴 하지만, 한국에서는 이미 오랜 시간을 보냈어요. 세상이 이렇게 큰데, 새로운 곳에 가서 살아보고 싶어요.

정성은 와, 그런 생각 해도 되는지 몰랐어요. 안 그래도 뉴욕에서 90일 비자로 있는데 돌아가기 싫은 거예요. 너무 철딱서니 없는 생각인가 싶어 말을 꺼낼 엄두도 못 냈는데…… 하지만 이곳에선 살 만큼 살았어. 이젠 더 큰 세상을 보고 싶어! 하는 건 걸리버 여행기에서나 볼 법한 결심 아닌가요? 어떻게 그런 생각을 하죠? 한국에서 정말 다 살았어요?

굿수진 네, 저는 생각보다 더 오래 산 것 같아요.

정성은 근데 수진 님이 한국에서 가지고 있는 기반이 있잖아요. 한국어로 소통할 수 있는 언어적 감각, 서울에서 쌓은 경력, 청년, 젊음, 한국에서 젊은 여자로서 가지고 있는…… 어떤 면에서는 매력 자본일 수도 있고.

굿수진 한국에서 저 인기 별로 없어요.

정성은 아닌데!

굿수진 여행하면서 분명해진 것 같아요. 어떤 의미로 여행이 저를 분명하게 만들었고. 세상에 다양하게 사는 사람들을 보면서 이게 가능한 인생이네? 라는 것도 깨달았고. 저는 햇볕에 나가서 누워 있는 거 좋아하고, 머리 탈색하는 거 좋아하고, 운동하는 거 좋아하는데 한국에 있을 땐 남자들에게 재 너무 세, 하는 말을 종종 들었어요. 예전에 펍에서 같이 일했던 오빠가 저보고 운동 그만하라고, 너무 세 보인다고 그래요. 내 건강을 위해서 내가 운동하겠다는데 왜? 오히려 오빠가 운동을 좀 해야 하지 않나? 생각했지만 그런 말도 못 하고……. 저는 한국에 미련이 없는 사람입니다.

정성은 그런 거 너무 잘 알죠. 한국에서는 '한녀' 이미지가 참 큰 것 같아요. 한녀를 추앙하는…….

굿수진 네. 그런데 제가 그런 한녀가 아니어서……. 이건 오프 더 레코드인데, 사실 저는 외국에서 더 인기가 많습니다. (O.T.R이라고 했지만, 추후 허락을 받아 싣는다.)

정성은 저도 너는 외국 가면 진짜 인기 많을 것 같아, 외국인 남자가 어울리는 것 같아, 라는 말을 자주 들었지만 그럴 때마다 왠지 모를 수치심을 느꼈어요. 한국에서는 인기 없다는 말인 거지? 속으로 생각하면서.

굿수진 아니죠. 한국 사회가 원하는 것보다 큰 그릇을 가지고 있다. 이런 거 아닐까요.

정성은 맞네. 그럼 수진 님의 이상형은 뭐예요? 다섯 가지만 말해주세요.

굿수진 저희 오빠는 맨날 하나만 고르라고 하는데 다섯 개라니 너무 신나네요. 당연히 잘 생겼으면 좋겠고, 운동도 했으면 좋겠고, 꿈도 있었으면 좋겠고…….

정성은 꿈 진짜 중요한 것 같아요.

굿수진 네, 꿈 없는 사람은 하나도 안 섹시하고요.

정성은 그럼 두 가지 더…….

굿수진 생각이 섹시하고 몸이 섹시한? 몸은 그냥 라이프스타일을 보여주는 것 같아요. 그 정도만 되어도 너무 좋을 것 같네요.

정성은 몸과 생각이 동시에 섹시한 남자라……. 정말 많이 안 떠오르네요. 하여간 덕분에 수치심이 좀 사라졌어요. 제가 어떤 기준에 맞추지 못했다는 생각에 머리가 아팠거든요.

굿수진 말도 안 돼! 한국 사회에서 바라는 여성상에 맞지 않다는 건 오히려 칭찬 아닐까요? 너는 네 생각이 있고, 네가 좋아하는 것도 분명하고, 그러니 아침밥 얻어먹긴 힘들겠네. 네 꿈이 소중하니까. 이런 느낌 아니에요?

정성은 충격. 오늘 글감 다 나왔어요.

굿수진 아니, 제 인터뷰 아니에요? 이 얘기로 쓸 거예요?

정성은 (웃음) 마지막 질문 하나 더 있어요. 수진 님의 인터뷰에서 섹시한 할머니가 되고 싶다는 말을 자주 봤어요. 지금 이 순간부터 섹시한 할머니가 되기까지 어떻게 살고 싶은지 궁금해요.

굿수진 일단 하고 싶은 거 다 하면서 자유롭게 살고 싶고요. 저에겐 살고 싶은 곳에서 사는 자유가 중요한 것 같아요. 또 제 이야기로 먹고살았으면 좋겠고. 유튜버 중에 '젠임(Jenn Im)'이라고 300만 구독자가 있는 한국계 미국인이 있거든요. 그 친구가 90년생인데, 패션이랑 뷰티로 시작해서 지금은 라이프스타일까지 확장됐거든요. 아기 낳고 키우고 하는 진짜 삶을 보여주는 콘텐츠예요. 저는 그렇게 살고 싶습니다.

정성은 할 수 있을 거예요. 사실 저도 그걸 원했던 것 같아요.

굿수진 그렇죠. 자신의 욕망을 깨닫기까지 생각보다 오래 걸려요. 아, 그리고 섹시한 할머니는 하나의 단어라기보다는 비전이에요.

정성은 비전이요?

굿수진 어렸을 땐 섹시라는 단어를 싫어했어요. sex라는 단어에 y를 붙인 거잖아요. 여자를 성적 대상화하고, 섹스하고 싶은 사람을 부르는 단어라고 생각했어요. 그런데 하와이에서 섹시라는 단어의 개념이 바뀌어버렸어요. 클럽에 갔는데 제가 태어나서 본 중에 가장 섹시한 애가 춤을 추고 있더라고요. 그때 깨달았죠. 섹시는 본능이구나, 그 사람에 대해 아무것도 모르면서 본능적으로 멋있다고 생각하고 알고 싶어지는 감정이구나. 우리는 모두 몸을 가지고 있고, 몸을 움직이면 근육이 생기는데, 그 친구도 태어날 때부터 그런 근육을 가진 건 아닐 거잖아요. 세상 사람들이 말하는 섹시의 끝까지 간 인간을 보면서, 내가 내 몸을 잘 가꾸고 다뤄서 섹시의 끝까지 가면 나는 무슨 모습이 될까 궁금해지더라고요. 섹시한 할머니라는 것도 결국 라이프스타일에 대한 이야기예요. 몸만이 아니라 정신도 섹시해지고 싶고. 보디 프로필 찍는 것처럼 단기간에 그냥 운동하고 끝나는 게 아니라, 계속 운동하고 계속 배우고 계속 받아들이고 이렇게 살아가는 게 저의 비전이거든요.

정성은 섹시한 할머니라고 해서 그냥 하나의 이미지만 그렸지, 거기까지 다다르는 여정이라고는 생각하지 못했어요.

굿수진 그래서 그런 할머니가 되고 싶어요. 국적도 잘 드러나지 않고 여러 언어를 할 수 있고 여러 지혜를 가지고 있는, 타인의 말을 잘 들어주고 몸과 정신이 섹시하고 건강한 할머니.

정성은 완전 될 것 같아요.

굿수진 그러니까요.

TRUE INTEREST

홍상수 특별전에서 만난 영국 남자

뉴욕에선 낯선 사람과 3초 이상 눈을 마주치면 안 된다. 대화가 시작되기 때문이다. "How are you?" 이곳에 온 지 두 달이 지났지만, 아직도 뭐라 대답해야 할지 모르겠다. 대체 내 안부가 왜 궁금하지? 미국인 친구 켈리에게 물었다. "여긴 왜 이렇게 스몰토크를 많이 해?" "다들 외로우니까."

그날도 그랬다. 홍상수 특별전을 보러 링컨센터 필름소사이어티로 가는 지하철 안이었다. 뉴욕의 지하철이 워낙 더럽다 보니 의자가 아닌 바닥에 쪼그려 앉아 있는데 미국인 남자가 말을 걸었다. "어디 아파?" "아니." 그렇게 대화가 시작됐다. 내가 물었다. "어디 가?" "타임스퀘어." "너도 여행객이야?" "아니, 여기서 일해. 환승하려고. 너는 어디 가?" "나는 영화 보러 가. 너 홍상수 알아?" "아니, 몰라. 근데 나 따라가도 돼?"

뉴욕에서 한국 감독의 특별전을 하는데 잘생긴 미국 남자가 같이 가고 싶어 한다? 안 될 것도 없지. 그런데 그의 눈빛이 심상치 않았다. 벌써 눈에 하트가 있는 것 같기도 하고……. 순간 스티브 맥퀸 감독의 영화 〈셰임〉이 생각났다. 뉴욕의 성공한 여피족인 마이클 패스벤더가 섹스 중독에서 헤어나오지 못하는 내용인데, 그 역시 지하철에서 단 한 번의 눈 마주침으로 사냥을 시작하기 때문이다. 혹시 오늘이 사냥하는 날인가, 고민하고 있는데 지하철 문이 열렸다. 링컨센터였다. "어……?" 하다 그냥 혼자 내려버렸다.

아쉬울 틈 없이 극장으로 달려갔다. 매표소에서 홍상수를 외치니 저리로 가라 했다. 어딘지 모르겠어서 아무나 붙잡고 물었다. "혹시 너도 홍상수 보러 가?" 그렇단다. 같이 뛰는데 무리 중 한 명이 갑자기 한국어로 말을 걸었다. "안녕! 난 영국 남자." 한국어 할 줄 아는 외국인을 만나다니. 반가워서 한국어로 말을 거니 못 알아듣고 자꾸 "영국 남자!"만 외친다. 극장은 인산인해였다. 영국 남자와도 자연스레 헤어졌다. 불이 꺼지고 영화 〈극장전〉이 시작됐다. 열아홉 살 남자의 일기가 스크린에 펼쳐졌다. 길에서 우연히 만난 중학교 시절 첫사랑과 "우리 그냥 죽을래?" 하며 여관에 가서 섹스하고, 수면제 먹다 병원에서 깨어나 처음 하는 생각이 '아, 나도 저렇게 예쁜 간호사랑 한번 사귀어보고 싶다'다. 이게 영화냐.

다행히 영화는 거기서 끝나지 않았다. 사실 그건 '극장에서 상영된 영화'였고, 그걸 보고 나오는 남자가 영화 속 여배우와 극장 앞에서 마주치면서 영화가 재밌어졌다. 예전엔 그의 영화 속 남자들의 구애하는 모습이 이상해 보였는데 이젠 나도 다를 바 없어서 한층 깊은 이해가 가능해졌다. 그렇게 극장 앞에서 만난 낯선 여자와 한바탕 감정 소모를 하고 집으로 돌아가면서 주인공은 중얼거린다. '생각을 해야겠다. 정말 생각이 중요한 것 같다. 끝까지 생각하면 뭐든지 고칠 수 있어.' 그러고 나서 엔딩크레디트가 뜨는데 박수가 절로 나왔다. 진짜 훌륭한 한 편의 일기구나.

영화가 끝나고 감독과의 대화가 이어졌다. 뉴욕의 저명한 프로그래머이자 최근에 홍상수 영화에 관한 독립출판물 《Tale of cinema》를 출간한 데니스 림(Dennis lim)이 사회를 맡았다. 당연히 영어로 진행되었고, 나는 대부분 이해하지 못했다. 하지만 희망을 얻은 건 감독이 쉬운 영어를 느릿하게 구사하는데도 모두가 알아듣고 웃었기 때문이다. 자신감이 생겼다.

토크가 끝나고, 마지막으로 객석에서 질문할 사람 있느냐고 물었다. 한 외국인이 손을 들어 영화에 관해 물었다. 한 명 더 받겠다고 했다. 옆에 있던 동생이 속삭였다. "언니 뭐라도 말해." "아니야. 이런 데선 가만히 있어야 해." 하지만 그녀는 이미 내 손을 치켜올리고 있었다. 얼떨결에 마이크를 받았다.

"어…… 영화 정말 잘 보았습니다. 한국어로 말해도 되죠?"

객석이 싸늘해졌다. 사회자가 한국인이어서 끄덕일 줄 알았는데 전혀 못 알아듣는 눈치였다. 하지만 모두가 날 보고 있으니 뭐라도 말해야 했다.

"어…… 그…… 감독님, 요즘 제일 많이 하는 생각이 뭐예요?"

사회자가 감독에게 말했다. "저 사람 뭐라는 겁니까?" 감독이 말했다. "요즘 뭐 하냐는데요." 사람들이 웃었다. 그는 뜸을 들이더니 나를 바라보며 천천히 말했다.

"저는 항상 찾고 싶었어요. 제가 믿고 기댈 수 있는 어떤 믿음을요. 하지만 그걸 찾기란 쉽지 않았습니다. 지금도 제가 하는 일은 결국 그걸 찾는 일 같아요. 저는 여전히 제가 끝까지 버틸 수 있다는 믿음을, 확실한 믿음을 찾으려 노력하고 있습니다. 사실 찾은 기분이기도 한데, 아직 초기 단계라 더 경험해봐야 알 것 같습니다."

그 대답을 끝으로 행사는 종료됐다. 객석에 남아 다음 영화인 〈생활의 발견〉을 기다리고 있는데 아까 그 영국 남자가 다가왔다. "너 질문 정말 좋았어. 혹시 인스타그램 아이디 있어?" 우리는 맞팔했다. 그의 인스타그램엔 일상이 없었다. 실험적인 3D 애니메이션으로 가득 찬 포트폴리오였다. "나는 LA에 살고 애니메이터야. 홍상수 특별전을 보러 뉴욕에 잠깐 놀러 왔어." "그렇구나. 이번 주에 또 와?" "응. 이틀 뒤 감독 프리토크 할 때 한 번 더 와." "나도 그때 오는데, 그날 볼까?" "그래."

이틀 후 그를 만났다. 처음 봤을 땐 그냥 흥이 많은 외국인인 줄 알았는데, 그가 만든 작품들을 보니 기괴하기도 하고, 대단하기도 했다. 무엇보다 차분했다.

정성은 너의 작품들을 봤는데, 이 정도까지 만들려면 엄청난 재능이나 노력이 있어야 할 것 같았어. 대단해.

He 아, 뭐. 그렇게 봐줘서 고마워. 근데 애니메이션은 누구나 만들 수 있어.

왜 뭔가를 만드는 사람들은 늘 이렇게 말할까? 뉴욕에 오기 전 만났던 영화감독도 처음 한 말이 "성은 씨, 영화는 누구나 만들 수 있어요"였다. 한 달 전 인터뷰한 뮤지션도 그랬다. "노래 누구나 만들 수 있어요." 그런데 이 사람까지 그러네? 그래도 애니메이션은 좀 다르지 않나? 그는 자신의 휴대폰 배경화면을 보여줬다. 선으로 쓱쓱 그린 귀여운 고양이었다.

He 내 주변엔 그림 잘 그리는 사람들이 많거든. 그들은 더 리얼한 걸 만들 수도 있지만 이런 silly한 걸 선호하기도 해. 그게 스스로에 더 진실하게 느껴지니까. 홍상수 감독도 그랬잖아. 영화를 만드는 과정을 최소화하기 위해 최선을 다한다고.

그건 저번 토크에서 유일하게 알아들은 대목이기도 했다. "I want to make a films like a painting." 화가와 도화지 사이에 아무것도 없는 것처럼, 그는 최소한의 사람과 최소한의 공간에서 영화를 만들었다. 아이디어가 떠오른 순간 빠르게 만드는 걸 선호했고, 프리 프로덕션 기간이 긴 게 cheating처럼 느껴진다고까지 표현했다.

정성은 하여간 대단해. 부럽기도 하고. 어쩜 만드는 것마다 상을 받을까?

He 그의 목소리와 스타일이 워낙 명확하고 유니크해서이지 않을까. 다른 영화들 같지 않잖아. 홍상수 영화는 홍상수만 만들 수 있잖아.

정성은 내 생각에 그는 영화 같지 않은 영화를 만드는 것 같

아. 모두가 영화처럼 만들려고 하는데 영화처럼 만들지 않아서 훌륭해지는 것 같아.

He 좋은 포인트네. 아까 네 친구들이 한 말과 이어지는 것 같은데? 누구나 만들 수 있다는 말 말야. 결국 사람은 자신을 표현할수록 훌륭해진달까?

프리토크에 입장하기 위해 줄을 선 한 시간 동안 우리는 많은 이야기를 나눴다. 그는 한국에 대해 꽤 많이 알고 있었고, 제일 가고 싶은 곳은 종로라 했다. 에무시네마를 가야 한다나.

정성은 너 설마 〈도망친 여자〉의 마지막 장면에서 김민희가 앉아 있던 극장이어서 그런 거야?

He 응. 〈극장전〉도 이번에 본 게 세 번째야.

정성은 미쳤네. 왜 그렇게 영화를 여러 번 봐?

He 여러 번 볼수록 더 잘 이해하게 되니까.

토크가 시작되었다. 사회자는 그날과 같은 사람이었다. 그는 미국 사회에서 어떤 역할일까. 이동진? 정성일? 외국인이니까 달시 파켓 같은 느낌이려나. 질문이 시작됐다. "당신은 영화 만드는 사람일 뿐만 아니라 가르치는 사람이기도 합니다. 당신에게 영화를 가르치는 건 어떤 의미입니까? 당신은 그걸 즐깁니까? 무언가를 얻습니까?" 홍상수가 답했다.

"I think…… it's for money."

객석이 웃음바다가 됐다. 영국 남자는 주머니에서 안경을 꺼내 쓰더니 열심히 듣기 시작했다. 그는 돈 때문에 하는 거긴 하지만 그래도 가끔 학생들에게서 좋은 에너지를 받는다고 했다. 20대 초반인 그들의 이야기에서 많이 배운다고. 그러자 사회자가 물었다. "안 좋은 점은?"

"Life."

역시 일은 적게 할수록 인생에 좋나 보다.

"제가 주로 하는 일은 학생들이 영화를 만드는 데 진실된 마음을 가질 수 있게 돕는 겁니다. 늘 하는 말이 있어요. 너의 'true interest'를 찾으라고. 그럼 다른 영화를 베끼려는 어리석은 유혹에서 벗어날 수 있을 거라고."

그렇게 찾은 true interest를 사람들 앞에서 읽고 코멘트 받고 찍게 하는 것. 그게 다라고 했다. 내가 요즘 다니고 있는 코미디스쿨과도 비슷했다. 우리가 하는 일이라곤 앞에 나가서 5분짜리 자기 이야기를 하는 것뿐이다. 그러면 사람들이 웃어주거나, 안 웃어준 뒤 피드백을 해준다.

"당신은 매우 특별한 작업 방식을 가지고 있습니다. 촬영날 아침에 대본을 쓰거나, 대사보다는 장소와 인물부터 찾거나. 학생들에게도 그런 작업 방식을 권하나요?"

"아니요. 제 방식이 자연스럽게 나올 때도 있지만 그걸 권하진 않습니다. 그건 내 기질과 관련되었기 때문이죠. 하지만 난 이제 옛날 사람이기 때문에 학생들이 따라 해볼 순 있겠네요."

"결국 자신만의 방식을 찾아야 한다는 말이네요?"

"그에 대해선 우리가 걱정할 필요는 없는 것 같아요. 만약 그들이 아티스트가 될 운명이라면, 그 어떤 것도 걱정할 필요가 없어요. 뭐가 주어지든 그들은 해낼 테니까. 항상 뭔가를 만들고 있을 테니."

"그걸 당신이 어떻게 알죠?"

"주위를 둘러봐요. 당신 주변의 예술가들을 봐요. 그들은 항상 뭔가를 하고 있어요. 의심 없이. 멈추지 않고."

현장에서 다 알아듣진 못했지만, 사람들이 감동하는 순간은 함께 느낄 수 있었다. 모두가 웃는데 나만 웃지 못할 때면 그가 구글 번역기를 켜주었다. '홍상수는 자신의 제자들을 연출부로 쓰다가 어느 날 연기를 시켰대요. 그런데 그들은 영화가 끝날 때까지 자신이 주인공인 줄 몰랐대요.'

영화 제작에 대한 질문이 이어졌다.

"당신의 제자가 그러더군요. 당신이 수업에서 fake movie를 만들면 안 된다고, 진실성을 강조했다고. 당신에게 fake movie란 무엇인가요? 그리고 그런 영화를 만들려는 충동이 진심인지 아닌지 어떻게 알 수 있죠?"

"질문들 두세 개 던져보면 알아요. 그럼 그들도 이게 가짜란 걸 매우 쉽게 인정합니다. 질문 몇 개를 진실되게 던지는 것만으로 누구나 자신만의 결론에 도달할 수 있어요. 그게 제가 true interest에 공을 들이는 이유입니다."

행사가 끝이 났다. 복도엔 그에게 사인을 받으려는 사람들로 넘쳐났다. 사인을 해달라고 하는 게 거장을 피곤하게 하는 일 같아 안 하고 싶었지만, 오늘이 아니면 언제 그의 사인을 받을까 싶어 줄을 섰다. 내 차례가 다가오는데 내 앞에 선 외국인 남성이 팔에 사인을 해줄 수 있냐 물었다. 그럼 그걸로 문신을 할 예정이라고. 홍상수는 안 된다고 했다.

사람들이 빠져나간 그곳에서 우리는 true interest에 대해 좀더 얘기 나눴다. "그럼 홍상수의 true interest는 사랑이었던 걸까? 그는 모든 영화에서 남녀 간의 사랑과 섹스를 다뤘잖아. 요즘은 덜 하지만."

He　　그의 영화가 모두 사랑에 관한 건 아니지 않을까. 섹스에 관한 것도 아니고. 결국 커뮤니케이션에 대한 이야기 같아. 사람들이 어떻게 자기 자신을 표현하려 하는지, 그러한 시도들이 어떻게 실패하는지. 대부분 실패하는 것 같아. 자기 마음을 어떻게 표현해야 할지 모르니까.

정성은　그러네. 생각해보면 〈극장전〉이 좋았던 것도 그 영화에 나오는 사람들이 연약했기 때문 같아.

He　　삶이 너무 버거우니까.

정성은　그럼 너의 true interest는 뭐야?

He　　나도 오랫동안 찾아왔는데 잘 모르겠어.

그는 뭔가 만드는 걸 좋아하지만 그게 자신을 완전히 충족시켜주진 못했다고 했다. 그래서 다른 것도 찾고 있다고. 나도 나의 true interest를 찾기 위해 글을 썼다가, 영상을 찍었다가, 워크숍을 했다가 코미디를 하면서 계속 직업을 바꾸고 있는데, 걱정스럽다고 했다.

He 많은 경험을 하는 건 좋은 거야. 모든 것이 다 재료가 되니까.

정성은 고마워. 너는 재료를 찾기 위해 무얼 했어?

He 가르치는 일을 해보거나 자원봉사를 했어. 애니메이션 아닌 것도 많이 해보려 해. 세상에 좋은 영향을 줄 수 있고, 날 더 만족시켜줄. 지금은 상업광고를 만드는 회사에서 일하는데 경력으로선 만족하지만 사실 상업광고를 좋아하진 않아.

정성은 왜?

He 결국 뭔가를 팔기 위해 만드는 거니까. 그게 세상을 좋게 만드는지는 잘 모르겠어.

정성은 나도 외주로 영상 만들어 돈을 벌었는데, 지금 잠깐 멈췄어. 다른 방식으로 돈 버는 방법을 찾고 있는데 쉽지 않네.

He 홍상수도 못 찾았잖아. 가르치는 걸로 돈 번다니.

정성은 그러네. 위로가 된다.

He 아마 객석에 있는 사람들 다 그렇게 느꼈을 거야. 그런데 오늘 우리 이야기로 무슨 글을 쓴다는 거야? 인터뷰? 제목이 뭔데?

정성은 아, 뭐 그런 게 있어. 어차피 넌 못 읽어.

He 그래? 읽고 싶은데…….

정성은 true interest를 찾으면, 알려줄게.

He 그럼 우리 피자나 먹으러 갈까?

정성은 좋아!

음악 하는 남자라니

뮤지션 최윤식(가명)

외출하려고 머리 감고 화장도 했는데 너무 나가기 싫어 누워 있었다. 그러다 깜빡 잠들었다. 전화벨이 울렸다. 계속 울리길래 '이상하다. 가도 되고 안 가도 되는 파티라 날 찾을 리 없는데' 해서 보니 윤식이다.

윤식 신촌이에요. 나와요.

성은 음……, 나 어디 가야 하는데?

윤식 저도 어디 가야 돼요. 잠깐 마셔요 커피.

성은 그래.

뮤지션이 된 이후로 처음 보는 건가. 1년에 한두 번 '제비다방'에서 만나 함께 김목인과 이영훈을 듣던 윤식은 뮤지션이 됐다. 우린 동아리에서 만난 사이다.

최윤식 동아리 사람들이랑 연락해요?

정성은 잘 안 해. 아, 근데 너 수지 알지?

최윤식 알죠.

정성은 걔가 100년 만에 연락 온 거야. 21일에 뭐하냐고. 그래서 그날 스케줄을 말해줬지. 서류 통과하면 면접 시험 보고, 아니면 음악 페스티벌 갈 거라고. 그러니까 갑자기 남자들이랑 4 대 4로 펜션을 갈 예정인데 나보고 오라는 거야.

최윤식 큭.

정성은 안 간다니까 '언니는 너무 참해요♡'라는 카톡을 남기고 사라졌어.

최윤식 절대로 할 수 없을 것 같은 일을 가끔 해줘야 인생이 재미있죠.

정성은 어? 노트북 줘봐.

얼른 메모장을 켜 방금 걔가 뱉은 문장을 타이핑했다.

최윤식 누나 기자예요?

정성은 그건 아닌데. 사람들이 재밌는 말을 많이 하더라고. 기억해두려고 가끔 대화하면서 적어.

최윤식 수첩에 적는 사람은 봤어도 남의 노트북에 적는 사람은 처음 봐요.

정성은 그래서, 뮤지션 되니까 어때?

최윤식 그냥 뭐 똑같죠.

정성은 인기는? 여자들한테 인기는 많아졌어?

최윤식 아뇨. 뮤지션의 팬이 되는 거랑 사귀고 싶어 하는 거랑은 좀 다르지 않나요?

정성은 너는 아직 어리잖아. 뮤지션이랑 결혼은 생각하지 않아도, 연애는 해보고 싶을걸.

최윤식 아, 그건 있다. 뮤지션이 되니까 제 이름으로 세금도 떼고 돈도 들어오더라고요.

정성은 무슨 돈?

순간 나는 갓 데뷔한 인디밴드의 통장엔 얼마가 입금되는지 궁금해졌다.

최윤식 멜론 스트리밍, 저번 달 3만 원.

괜히 물어봤다.

최윤식 누나는 어떻게 사는데요?

나는 말하기가 귀찮아 그냥 죽은 듯 누워 산다고 했다. 그러자 윤식이 "마흔까지는 안 되면 죽지 뭐, 하는 마음으로 살아도 돼요"라고 말하며 웃었다. 메모장에 그대로 쳤다.

최윤식 하지만 누나는 평생 애매하게 살 것 같진 않아요.

고맙다. 내일부터 열심히 살아야지. 우리는 각자 인간의 어떤 점에서 매력을 느끼는지 이야기했다.

최윤식 매력적인 사람을 보면, 그 매력을 갖기 위해 진화론적으로 포기한 부분이 분명 있으리라 생각해요.

정성은 그걸 공략해라?

최윤식 꼭 그런 건 아닌데…….

그럴듯했다. 하지만 과연? 예를 들어 나는 꼼꼼한 면이 부족한데 어떤 남자가 꼼꼼함을 자꾸 들이밀면 도망치고 싶을 것 같다.

정성은 너 주위에 음악 하는 여자들 많겠다. 그들은 매력적이지 않니?

최윤식 대부분 남자친구가 있죠. 그리고 이상해요.

정성은 어떤데?

최윤식 다들 자기만의 세계가 있는데, 그게 세상의 기준과 조금 달라요. 가령 옷을 정말 이상하게 입고 다니는데 일관성이 있다던가…….

정성은 혁오처럼?

최윤식 그 사람의 정신세계가 다양한 방식으로 표출되는 거죠.

정성은 나는 혁오를 좋아하기에는 조금 촌스러운 사람 같아.

최윤식 오, 그 말 좋다. 저도 적을래요.

아니, 이게 뭐라고. 왜 적는데.

최윤식 윗세대 인디음악은 운동권이랑 겹쳐지는 지점이 있는데, 혁오는 개인주의에 가까운 음악을 만드는 것 같아요.

정성은 너도 개인주의잖아.

최윤식 아니, 나한테 왜 이러지…….

정성은 넌 왠지, 집에만 있을 것만 같고 그래.

최윤식 제가 히키코모리 같나요?

정성은 꼭 그런 건 아닌데. 네가 사람들을 모아서 이번 주에 홍대 놀러 가자! 이러는 건 상상도 안 되는데?

최윤식 당연하죠. 누나는 그래요?

정성은 응!

최윤식 근데 왜 전 안 불러요?

정성은 불러주길 네가 원한다고?

최윤식 저도 좋은 사람들 알고 싶죠.

정성은 그래, 다음에 부를게.

그가 이렇게 사회적인 인간이었다니. 조금 놀랐다.

최윤식 제가 사람들한테 모이자고 하면 파급력이 없어요. 저도 오랜 고민 끝에 성격을 결정하게 됐어요. 저는 가만히 있고, 사람들이 저를 불러주면서 알아가는 편이 인간관계에 더 도움이 되더라고요.

정성은 난 그런 사람이 제일 부러워! 가만히 있는 사람.

최윤식 가만히 있는 거 얼마나 힘든데요.

정성은 힘들어?

최윤식 너무 오래 가만히 있으면 우울해져요.

그렇구나. 가만히 있는 것도 힘들구나. 사실 나도 오늘 가만히 있었어. 네가 날 살렸어.

최윤식 그래도 요즘은 학교 사람들이랑 있으면 재밌어요. 코드가 완벽하게 맞는 건 아니지만, 같이 있으면 즐거운 포인트가 있달까. 요즘 맨날 같이 술 마시고 그러는데, 집에 갈 때면 생각해요. 너무 재밌는데, 조만간 다 생까야겠다.

한 번도 그리해본 적 없지만 너무 알 것 같았다.

정성은 많은 뮤지션이 초반에 명반을 만들면 후에 그것보다 좋은 걸 못 내놓잖아. 어렸을 땐 그게 이해가 잘 안 됐는데, 이젠 어렴풋이 알 것 같기도 해.

최윤식 그 전의 상태로는 절대 돌아갈 수 없으니까, 마치 한 번 물에 담근 녹차 티백이 그 전의 마른 잎으로 돌아갈 수 없는 것처럼.

정성은 근데 또 보면 장기하 같은 사람은 계속 좋은 걸 만들어내잖아. 장기하와 얼굴들 4집 《내 사랑에 노련한 사람이 어딨나요》는 정말 놀라웠어.

최윤식 하지만 〈싸구려 커피〉 같은 곡은 이제 못 나오겠죠.

순간, 시간은 2008년으로 돌아가 회원 수가 80명 정도 있던 장기하와 얼굴들의 싸이월드 팬카페에 글을 적던 나의 모습과, 댓글을 남겨주던 장기하—수염을 기르고, 지금보다 약간 살쪘고, 뿔테안경을 썼으며, 서울대 사회학과를 나왔고, '눈뜨고코베인'의 드러머였다는 남자—가 떠올라 노스탤지어에 잠겼다.

정성은 정말 그렇네. 그 시절 감성으로 만든 〈싸구려 커피〉를 다시 만들 수 없겠지?

졸업하면 사람들과 연을 끊고 음악만 할 거라는 그와, 요즘 뭐하냐는 질문에 무기력한 나와, 이 글을 읽는 누군가도 각자의 시기를 산다. 지금에만 느낄 수 있는 것들이 사라지기 전에 더 자주 기록해보기로 한다.

최윤식 일단 전 음악으로 남들이 생각하는 이른바 정상을 찍을 순 없을 것 같아요.

그가 웃으며 말하는데 이상하게도 반박할 수 없었다. 왠지 그럴 수도 있겠다. 하지만 오늘 그가 만들었다고 들려준 노래는 그의 첫 앨범에 수록된 모든 곡보다 더 좋았다. 1년 전 처음 음악을 만들었다고 카톡으로 보내줬을 때도 좋아서 놀랐는데, 그런 놀람을 또 보여줄 수 있다는 것에 놀랐다. 나 너무 쉬운 사람인가……. 하지만 아무거나 좋아하진 않는걸. 나는 흥분해서 어서 이걸 내야 한다고 독촉했다. 최대한 빠르게 내야 한다고.

최윤식 내년에 낼 거예요.

"야! 내년은 무슨……" 했는데 벌써 10월이다.

I가 U보다 먼저

일러스트레이터 서서민(가명)

서서민은 일러스트 작가다. 어느 날 그에게서 다급한 연락이 왔다. 자기가 아픈 것 같다고.

평소처럼 작업 의뢰를 받아 책 표지 그림을 진행 중이었다. 마음이 아픈 사람들을 치료하는 내용이었는데, 마감 일정이 당겨지는 동시에 피드백을 받았다. “여기 이 부분 흰색이 좀 무서워 보여요. 다른 색으로 바꿔주실 수 있나요?” 평소였다면 의견을 나누고 그림을 수정했겠지만, 그날은 유독 그 말이 너무 자극적으로 느껴졌다. ‘무서울 수 있다고? 이 책은 절대 무서우면 안 되는 책인데. 따뜻하게 사람들을 보듬어주는 내용이고, 난 그런 분위기를 내려 한 건데 이걸 무섭게 느꼈다고?’ 그때부터 심장이 미친 듯 뛰면서 눈물이 나왔다. 모든 불안함이 한 번에 밀려오는 느낌이었다고 한다.

서서민 내가 생각해도 좀 이상한 거야. 친구에게 이야기하니까 병원에 한번 가보는 게 좋겠대. 그 친구가 공황장애를 겪은 적이 있거든.

그저 예민한 성격이려니 여겼다. 누가 옆에서 화를 내면 그게 자신을 향한 게 아니더라도 몇 배는 더 힘들어하며 아파하는 성향, 주변 사람의 눈치를 살피며 길을 걸을 때도 사람들이 나를 보고 있는 것 같다 여기는 착각, 통제할 수 없는 상황에 극도의 불안을 느끼는 마음 모두가. 서민이가 인스타그램에 작업물 올리는 게 힘들다 할 때도 나는 이해하지 못했다. 아니, 이렇게 아름다운 그림을 그리는데. 나라면 이거 내가 했다고 동네방네 자랑하고 다니겠다. 그러다 어느 날, 영화를 보게 됐단다. 〈존 말코비치 되기〉.

서서민 주인공이 꼭두각시 인형극을 하는 예술가야. 돈 벌기 어렵다 보니 급하게 취직을 하는데, 회사 안에서 이상한 통로를 발견해. 알고 보니 극 중 유명 배우인 '존 말코비치'의 뇌로 들어가는 통로야. 주인공 직업이 인형 조종사다 보니 시간이 지날수록 조종이 능숙해져서 그걸로 사업도 해.

정성은 그래서 그 배우는 어떻게 되는데?

서서민 자신을 점점 잃어가지. 그 상황과 감정이 나와 너무 비슷한 거야. 그때 나는 내 앞에 거울이 있어야 할 것 같았어. 내가 없어지는 느낌에 거울로라도 나를 확인해야 할 것 같아서.

그 표현에 흠칫 놀라버렸다. 그 정도로 마음이 힘들었다고?

서서민 영화 앞부분에 이런 대사가 나와. 막 취업한 그에게 서류 파일을 건네며, 명심해요. I가 U보다 먼저예요. 알파벳

비유를 든 거지만 결국 타인보단 나를 앞에 두어야 한다고. 그 영화를 보면서 지금까지 내 생각이라고 여겼던 게 사실 내 생각이 아닐 수도 있겠구나 싶었어. 작은 예지만, 티브이 보는 내가 너무 한심해서 스스로에게 나쁜 말을 했었어. 그런데 어쩌면 '티브이는 바보상자다', '티브이를 보는 사람은 한심하다' 같은 사회적 메시지가 내 머릿속에 들어와 쉬고 싶어 하는 나를 무시하고 학대한 게 아닐까.

정성은 다른 사람이 나의 뇌 속에 들어와서 조종한 거네. 보통은 인식 못 하고 살아가는데, 너는 알아챌 만큼 불편하고 힘들었나 보다.

서서민 점점 그냥 생활하는 게 힘들더라고. 운동 가서 일대일 수업을 받는데, 선생님이 말을 걸어도 대답이 단답형으로만 나오고, 사람을 대할 때 쓸데없이 경직돼 있고, 긴장하고.

정성은 나랑 있을 땐 안 그렇잖아.

서서민 너는 친구니까. 어쨌든 이 감옥에서 좀 벗어나고 싶었어. 병원에도 가고, 이것저것 방법을 찾아보다가 일단 나를 학대하는 말을 안 하기로 했어. 대신 칭찬만 해봤는데, 조금씩 달라지는 거야.

정성은 에? 그런 것만으로?

서서민 응.

잘된 일이라 생각하면서도, 쉽게 납득되지는 않았다.

정성은 그런데 약간 그런 거 있잖아. 우리 세대가 윗세대보다 더 예민하게 굴고, 내 것을 뺏기지 않으려 하고, 어떻게든 지키려 하는데, 그게 어떤 시선에서 보면 더 나약해지는 게 아닐까. 사실 내가 그래. 회사도 얼마 안 다니고 뛰쳐나오고, 조금이라도 힘들면 안 하고. 그게 쌓이다 보니 요즘엔 너무 나를 풀어준 게 아닌가 하는 생각에 좀 힘들었어. 지금 30대 중반인데, 더 열심히 달려야 하지 않나. 스파르타식으로 누가 나를 좀 굴려주면 좋겠다는 생각도 했다니까.

서서민 그 마음도 이해해. 하지만 난 그런 사람이 아니야. 작업도 늘 혼자 하다 보니 그동안 쉬는 걸 제대로 못 했어. 쉬면서도 항상 부채감이 있었거든.

정성은 너무 알아. 그 마음 뭔지…….

서서민 놀면서 쉴 때는 비생산적이고 쓸모없는 사람처럼 느껴져서 완전한 행복을 느끼지 못했어. 티브이를 좋아하지만, 이런 내가 한심해서 힘들었어. 그런데 언니가 이러는 거야. 만약에 티브이를 보는 사람이 네가 아니라, 네가 좋아하는 친구나 네 딸이라 해도 걔를 한심하게 여길 거냐고. 완전 아닌 거야. 그냥 귀여울 것 같은데. 우리 ○○이가 티브이 보고 뒹굴

거리고 있네. 좋은 시간 보내고 있네. 그렇게 생각할 것 같은데? 그러니까 나에 대해서도 좀 그리 대해보라길래 그 이후로 티브이 봐도 잘 봤네, 재밌게 봤네, 하고 낮잠 자고 일어나도 잘 잤어, 피곤이 풀리네, 하게 됐어.

정성은 나 하염없이 핸드폰 들고 인스타그램 하는 것도 그렇게 생각할 수 있을까

서서민 할 수 있지! 예를 들어 냉장고 청소할 때도 예전에는 이렇게까지 음식이 썩게 두다니 정말 한심하다, 왜 저러냐, 하다가 이번엔 이렇게까지 더운 날 청소하기 힘든데 어떻게든 다 하고 대단하다! 말하고 아침에 일어나서 거울 보면서도 나에게 예쁘다, 예쁘다! 하기 시작했어.

정성은 완전 영화 〈아이 필 프리티〉잖아! 나 예전에 몰래 그거 보다가 작업실 친구에게 걸려 부끄러웠는데.

서서민 부끄럽지 않아! 얼마 전에는 신기한 일도 있었다니까? 거울 보고 예쁘다 스스로에게 말하고 내가 좋아하는 화사한 색감의 옷을 입고 친구를 만나러 간 날이었어. 결혼하고 나서 남편이 베이지색을 좋아하다 보니 나도 자꾸만 베이지색을 입게 됐는데 사실 나는 색감이 도드라지는 옷을 좋아하거든. 그조차 결혼하고 나를 잃어가는 것 중 하나였어. 영화를 볼 때도 그랬어. 나는 예술 영화를 좋아하는데 남편은 아니다 보니 중간 지점의 취향인 영화를 그를 위해 맞추고.

정성은 저런. 영화는 나랑 같이 보자!

서서민 그래. 하여간 그렇게 입고 외출했는데, 지하철 기다리면서 스크린도어에 비친 내 모습을 보며 생각했어. 평소 다리가 콤플렉스였는데, 뭐 다리도 이 정도면 나쁘지 않네, 이러고 막.

정성은 그런데 너 너무 예쁘고 잘 꾸미는 사람이잖아.

서서민 이런 생각에서 누가 자유로울 수 있을까? 특히 여자들……. 그 순간 어떤 사람이 나에게 다가오더니 시간 되면 커피 한잔할 수 있냐는 거야. 이거 완전 〈아이 필 프리티〉인 거야! 내가 나를 예쁘게 여겨주니까 사람들이 나를 예쁘다! 하는.

정성은 근데 미안한데 객관적으로 넌 예쁘잖아. 거울 안 보니?

서서민 아니라니까. 길에서 누가 전화번호 물어본 지 몇 년 됐다고. 그런데 나 자신을 좋아하자고 마음먹은 다음 날 그게 된 거야.

정성은 그래? 하긴 스스로를 좋아하는 사람이 내뿜는 에너지는 남다르지.

서서민 내가 나를 좋아해주니까 좀더 편해졌어. 예전엔 혼자 있는 게 너무 심심하고 시간이 안 갔어. 하루가 너무 길어서 대체 나이 많은 아줌마 아저씨들은 어떻게 저 나이까지 살았을까 이런 생각 들고. 그런데 그 이유가 나를 안 좋아하니까 나랑 잘 못 지내서 그랬던 거야. 원래 사이 안 좋은 사람이랑 옆에 있으면 어색하고 같이 있는 게 힘들잖아. 내가 나를 그렇게 느꼈던 거지.

정성은 소름.

서서민 그날 이후로 내가 좋아하는 게 뭘까. 내가 잃어버린 건 뭘까 생각하게 됐어. 오랜만에 혼자 영화 보러 갔는데 정말 좋더라고. 그러고 무슨 책방에 갔어. 평소에 혼자 이렇게 돌아다니는 거 좋아했으니까 한번 해보자 해서 갔는데.

정성은 근데 나 좀 슬퍼. 이런 것도 '해보자' 해서 한다는 게.

서서민 요즘 내가 그래. 계속 해보자. 한번 해보자. 필라테스 갈 때도, 이것도 실험처럼 오늘 선생님이랑 한번 이야기해보자.

정성은 옛날에도 그랬어?

서서민 옛날엔 안 그랬지. 그냥 네, 이러고 안녕히 계세요, 이런 말만 했지.

정성은 내가 워낙 낯선 상황에서 불안이 없는 사람이다 보니 몰랐는데, 이런 사람들 정말 많은 것 같아. 나도 내가 취약한 부분에선 그렇고.

서서민 언젠가는 책방에 갔는데 나 같은 사람들을 위한 코너가 있는 거야. 큐레이션 주제가 '나답게 살기' 뭐 그런? 《월든》도 있고 《햇빛은 찬란하고 인생은 귀하니까요》도 있고. 책을 읽고, 매일 일기를 쓰면서 많이 좋아졌어. 그렇게 다른 사람의 시선으로부터 자유로워지니까, 마치 감옥에서 나온 것 같아.

그러면서 그는 자신이 쓴 일기를 보여줬다. '나'에게 끊임없이 묻고 또 물은 흔적들.

> 네가 좋아하는 게 뭐야? 하고 싶은 게 뭐야?
> 괜찮은 네가 되기 위한 일들 말고 진짜 하고 싶은 거. 그게 뭐야?
> 새로운 일을 하고 싶어 하는 게 내 기질과 성격이라 생각했는데 혹시 그게 강박일까?
> 진짜 나는 어떤 애일까? 최근 가장 좋았던 순간은 꼬칫집에서 시원한 맥주를 마셨을 때.
> 제비다방에서 눈을 감고 공연을 들으며 리듬을 탔을 때.
> 한강 다리를 걸었을 때.
> 플랫화이트를 마셨을 때.
> 웅변가처럼 내가 겪은 일을, 느낌을, 깨달은 것들을 조잘조잘 떠들었을 때.
> 잘 모르는 사람과 이야기할 때.
> 필라테스 선생님과 스몰토크할 때.
> 나에게 변화의 기미가 보일 때.

잘 모르는 사람들을 만나보고 싶어.

그들과 다른 나를 확인하며 나의 고유성을 더 굳건하게 하고 싶어.

꼭 반짝일 필요는 없겠지.

흔들리지 않고 버틸 수 있을지 실험해보고 싶어.

반짝일 필요 없다는 말에 밑줄 그은 걸 보며, 그동안 그녀의 반짝임을 응원한 나도 혹시 그 부담에 한몫했을까 하는 생각도 들었다. 그래서 최근 그녀는 인스타그램의 '좋아요' 숫자도 안 보이게 해놓았다.

서서민 내 그림을 좋아해주는 건 기쁜 일이지만, 사람들의 반응만 따라가다 보면 그림이 바뀌게 되니까. 내가 좋아하는 걸 잃어버리게 될 것 같아.

그럼 너는 이제 어떤 예술가가 되고 싶냐고, 어떤 예술가로 사람들에게 보이길 바라냐고 물으니 이제 자신은 어떻게 보이길 바라는 욕망은 없다고 했다.

서서민 시선의 주체가 나라면 좋겠어. 대단한 사람이 되고 싶지 않아. 그저 소소한 기쁨을 느낄 수 있는 사람이 되고 싶어. 불안하지 않고, 눈치 보지 않고.

그건 이미 난데, 싶었다. 하지만 나는 늘 대단한 사람이 되고 싶었지. 별 노력은 안 하면서.

서서민 너도 열심히 살고 있잖아. 우리 그만 학대하자.

정성은 응. 그래.

서서민 그냥 마음 편하게 사는 게 제일 좋은 것 같아. 마음 편하게, 그렇게 사는 게 제일 좋은 것 같아.

친구랑 대화하고 집으로 오는 길, 무리하게 잡은 며칠 후 약속 하나를 취소했다. 정말 미안하지만, 'I가 U보다 먼저'란 말을 나에게도 가르쳐주고 싶어서.

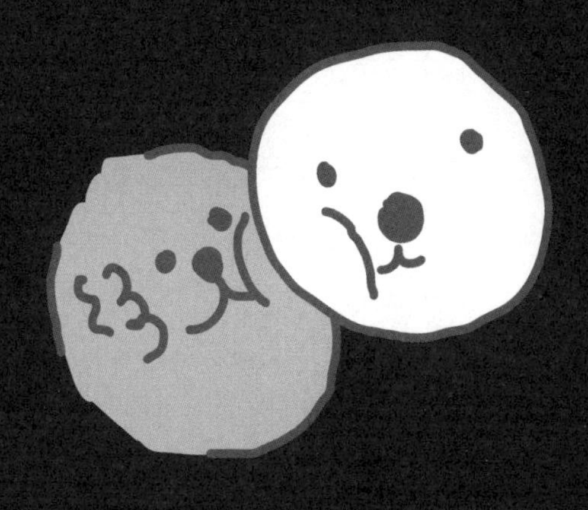

3부
너에게 몰입하는 일

슈퍼히어로가 되는 꿈

지연과 민준 부부

"아이를 키우는 데 시간과 정신의 소모가 너무 큰 것 같아." 오랜만에 만난 동아리 선배는 말했다. "이미 낳았으니 어쩔 수 없어요." 미혼인 나는 그걸 조언이랍시고 했다.

오랜 연애 끝에 결혼한 민준과 지연은 최근 부모가 되었다. 민준은 수원에서 회사를 다니고 지연은 미국에서 박사과정을 밟는 중이다. 대학원 1학기에 태어난 아이는 한국에서 양가 어머니가 번갈아 키우고 있다. 민준은 매주 목요일 재택근무를 신청해 부모님 집으로 가 육아와 일을 병행한다. 지연은 학업에 열심이다. 이 시스템을 만들기 위해 둘은 치열하게 준비했다. 민준과 이야기를 나누었다. 사랑에 대해, 온전한 사랑에 대해.

민준 이 시점에 아이를 낳는 건 불행한 일이 아닐까 생각도 했어. 우리가 온전히 아이에게 시간을 쓸 수 없고, 그렇다고 타인에게 맡기는 건 무책임한 일이 아닐까 싶었거든. 그럼 결국 언제 아이를 가져야 하나 고민하면 할수록 아이를 갖기 좋은 시점이란 건 우리 삶에 없을 것 같았어.

정성은 왜요?

민준 우리가 일에 덜 헌신하고, 시간을 자유롭게 뺄 수 있는 타이밍이 필요한 건데, 그런 시간은 점점 줄어들 게 뻔하니까.

아이 없는 삶도 생각해봤다. 120세까지 둘이서 즐겁게 지내자고. 하지만 긴 인생 60, 80, 100세가 됐을 때 내가 무엇에 행복을 느낄지 살피면 아이가 있는 게 좋았고, 심지어 많았으면 좋겠다고 지연은 판단했다. 60세가 되어 아이를 가질 수는 없으니 10년 안에 결론을 봐야 하는데, 10년 내 언제가 가장 좋은가 했을 때 그런 시점은 없었다.

민준 지연이의 학업을 위해선 최소 4, 5년 정도 미국에서 박사과정 공부를 해야 했거든. 나는 적극적으로 후원하기로 마음먹은 상태였고. 그래서 우리가 가진 자원을 최대한 활용하기로 했어. 부모님께 염치 불고하고 아이를 조금만 봐주십사 부탁드렸지. 지연이 부모님은 지연이가 잘되길 바라는 마음에 선뜻 용의를 밝히셨고 우리 부모님은 고단한 시간이 있었지만…… 결국 수락하셨어. 나를 너무 사랑하니까. 내가 잘되기를 바라는 그분들의 마음에 기댄 거 같아.

정성은 부모가 약자네…… 사랑의 약자.

민준 그런 것 같아.

정성은 너도 곧 약자가 되겠네.

민준 이미 되었어. 아이 때문에 부모님에게 더 잘하려고 하는 마음이 나를 약자로 만들어.

아이 때문에 내가 이렇게 될 줄 몰랐다고 민준은 말했다. 사춘기 이후 멀어졌던 부모님이었다. 부모님에게 아쉬운 소리를 한다거나, 전적으로 부모님 기분을 맞춰드리는 것. 예전이라면 절대 하지 않았을 행동이었다. 이제야 조금 철이 드는 걸까?

민준 한편으론 부모님을 이용하는 느낌이야. 내가 최대한 부모님 곁에 있으면서 미끼 역할을 하는 거지, 우리 아이에게 잘해주세요, 하는 마음으로. 물론 부모님도 손자를 굉장히 아끼지만, 왠지 모르겠는데 나를 먼저 생각한단 말이야. 부모님도 이 상황 자체가 그렇게 싫지만은 않은 것 같아. 몸은 힘들지만 바라왔던 가족의 상에 가까워졌다 여기는 듯하고.

어쩌면 먹이사슬 같았다. 그래서 아이 키우는 게 즐겁냐 묻자 처음엔 그렇게 사랑스럽지는 않았단다.

민준 아이가 태어났을 때 휴가를 내 미국에서 24시간 붙어 있었거든. 그땐 벅참 같은 건 없었어. 몸이 너무 피로하고. 아이를 보느라 소요되는 내 시간과 자원이 아깝다는 생각도 들고. 그런데 나의 시간과 체력이 계속 투여될수록 사랑이 커지고 있어. 지연이를 사랑하는 거나 아이를 사랑하는 거 둘 다, 그 과정 자체는 비슷한 거 같아.

이 커플과 가까이 지내며 결혼식에서 축가도 했지만, 어쩜 저렇게 오래 사랑할 수 있는지 신기했다. 그리고 안정적인 사랑꾼 역할을 자처하는 민준이 궁금했다. 첫인상은 새침한 서울깍쟁이였는데, 연애하더니 달라졌다. 더 좋은 사람이 된 듯하다.

민준 늘 안정적인 관계에 열망이 있었어. 지연이는 좀더 진취적인 사람이니까 내가 안정감을 줬다고 생각할 수도 있지만, 그 안정감은 우리 둘이 만든 거야. 서로에게 정말 많은 시간을 투자했으니까.

지연에게 이런 말을 들은 적이 있다. 자기에게 가장 중요한 건 시간이라고. 이기적이면서도 아름다웠다. 아무에게나 쉽게 시간을 주는 게 아니라는 거니까. 둘은 서로에게 많은 시간을 할애했다. 그 지속은 어떻게 가능했을까. 매력만으로 가능한 걸까?

민준 같이 있는 게 재미없고 가치 없게 느껴진다면 불가능하겠지. 그 사람이 궁금했고, 관심이 생겼고, 좋았고, 그래서 시간을 들이게 됐고. 내가 그 사람을 생각하는 시간 자체가 늘어나자 그 시간만큼 그를 더 좋아하게 되는 선순환이 생겼다고 해야 하나. 이 사람을 1순위로 둬야겠다 다짐한 게 언제인지는 모르겠는데, 나는 내 주변 사람들이 행복할 때 행복한 사람이거든. 가장 가까이 있는 사람이 지연이였어. 내가 이 사람과의 관계를 1순위로 두고, 이 관계를 안정적으로 만들어놓으면 그 사람도 안정이 되니까. 그 사람이 행복하면 나도 행복하다는 걸 알게 된 것 같아.

정성은 와, 그럼 나도 민준 근처에 있어야겠네. 가까이 있는 사람들이 행복해하는 걸 기쁨으로 여기는 사람이니까.

민준 이건 시간과 자원이 많이 쓰이기 때문에 여럿한테 할 수는 없는 거야. 지연이도 있고 이제 아이도 생겼잖아. 한정적인 자원이다 보니 분배를 잘해야 해서, 내가 자원을 쓸 수 있는 사람은 많지 않다고 생각해.

농담한 걸 가지고 머쓱하게시리……. 하지만 기뻤다. 너 진짜 괜찮은 사람이 됐구나. 관계에 대한 책임보단 언제든 훌쩍 떠날 수 있는 자유가 소중한 나로서는 누군가와의 관계를 1순위로 여기고, 그걸 지키기 위해 노력하고, 그 과정에서 사랑이 더 커지는 일이 신기할 따름이었다.

*

하지만 지연도 그런 사람이었나? 미국에서 만난 지연은 이렇게 말했다.

지연 사람에게 기대를 잘 안 해. 나에게도 기대 안 했으면 해서. 나는 누가 좋다가도, 어디 한 부분이 마음에 안 들면 떠나버리는 사람이거든. 그래서 민준에게도 큰 기대 안 했던 것 같아. 무언가에 매여 있는 것보다 항상 가볍고 싶었으니까. 그런데 민준이는 나를 있는 그대로 봐줬어. 어떻게 그게 가능했는지는 모르겠는데…… 그러니까 대단하다는 말이야. 나의 무엇을 보고 그런 사랑을 주는지 잘 모르겠어.

정성은 원래 사랑받으면 잘 몰라. 의도한 게 아니니까.

지연 관찰 결과 민준이는 내가 편안한 상태를 제일 좋아하는 것 같았어. 나는 내가 하고 싶은 걸 못하면 우울해지니까. 그래서 내가 하고 싶은 걸 할 수 있게 늘 도와줬고 하고 싶은 걸 할 때 늘 옆에 있었고 하고 싶은 게 잘 안 될 때도 옆에 있었어. 나한테 정말 긴 시간을 전념한 거잖아. 받은 만큼 나도 해야겠다는 감각이 뒤늦게 생긴 것 같아. 사실 옛날에는 그렇게 받았어도 싫은 건 싫은 거였거든. 하지만 이제 이 사람이 뭔가를 하겠다고 하면 내 시간을 할애할 수 있어. 어떤 사람한테는 그게 되게 별것 아닐 수 있는데, 나한테는 굉장히 큰 결심이자 변화야.

누군가 나를 필요로 할 때 나의 시간을 온전히 쓸 수 있는 것. 지연에겐 그게 가족이었고, 가족이라는 건 곧 민준이었다.

지연 이제 민준이가 가족이 된 거야. 그리고 그 가족에 아이가 들어온 거야. 그 둘을 합쳐서 나까지 세 명을 가족이라 부를 수 있게 되었어.

아이와 떨어져 있으니 미안한 점은 없는지 물었다.

지연 민준이랑 부모님들께는 미안한데, 아기한테 미안하진 않아. 아기 안 보고 싶냐, 엄마가 이렇게 혼자 나와서 공부하면 어떡하냐, 주변에서 그러는데 나 사실 별로 안 힘들고 안 미안해. 그런데 내가 미안해하지 않으면 엄마로서 뭔가를 잘못하고 있는 것 같아서 어쩔 수 없이 사람들이 원하는 반응에 맞춰 얘기해. 하지만 정작 내가 힘든 건 그 사람들한테 반응하는 거야. 나는 이 결정을 후회한 적이 한 번도 없어. 이 선택이 우리 가족의 최선, 정확히 말해서 나에게 최선이었으니까.

혹시 지연에게 도움이 될까 싶어 우리 집 사정을 말했다. 우리 부모님들도 주말부부 맞벌이라 할머니 집에서 컸는데, 엄마 아빠 딱히 안 보고 싶었다고.

정성은 그런데 정신의학에서는 몇 살까지 애착이 형성된다 어쨌다 그러잖아.

지연 맞아. 무섭지. 그래도 뭐 어떡해. 하고 싶은 건데. 아가야, 너도 스무 살 넘으면 너 하고 싶은 대로 다 하게 해줄게. 아마 너는 엄마 아빠 덕분에 재밌게 살걸?

정성은 어떻게 확신해. 아이 취향도 모르면서.

지연 왜냐면 우리는 계속 도전하고, 실패하고, 가끔 성공하는 삶을 살 테니까. 아이가 잔잔한 삶을 재미있어하면 어쩔 수 없지만……. 미안한데 너는 그런 삶을 살 수가 없어. 그럼 엄마 아빠가 힘들거든. 엄마는 가만히 있으면 우울해지는 사람이니까 엄마가 행복하려면 어쩔 수 없어.

지연은 영상 편지도 아닌데 아이에게 말을 걸었다. 그게 참 보기에 편했다.

정성은 그래 지연아. 나는 네가 아이를 낳은 것만으로도 할 일을 다했다고 생각해. 어쩌면 목숨과 바꿔서 새로운 생명을 탄생시킨 거니까.

지연은 남편에게 미안해했다. 자신이 연애 시절 유학을 결심했을 때, 민준에게 너는 어떻게 생각해? 라고 물어본 적이 없는 것에 대해.

지연 그냥 가고 싶다는 생각으로 가득 찼던 것 같아. 민준이는 그 얘길 듣고 결혼하자 했고. 혹시 나 때문에 자신이 원하는 삶의 방식이 바뀌었을까 마음에 걸려. 8년 전 처음 만났을 때, 어떤 삶을 살고 싶은지 얘기한 적이 있는데 민준이는 그저 행복하게 살고 싶다 했거든. 근데 보통 끊임없이 도전하는 걸 행복한 삶이라고 하진 않잖아. 가정을 꾸리고, 아이랑 같이 살면서 평범하고 소소하게 맛있는 거 먹고……. 이것도 선입견일 수 있지만.

정성은 나는 민준이가 지연이 때문에 뭔가를 포기했다기보단, 혼자라면 도전하지 못했을 좋은 선택지를 좋은 사람 곁에서 경험해볼 기회를 얻었다고 생각해. 네가 훌륭하니까 옆에서 같이 훌륭해지는 측면이 있지 않을까. 그런데 혹시 민준이 꿈이 셋이서 함께 살며 육아를 하는 거였으면 그건 이루지 못해 아쉬울 수도 있겠다.

*

그래서 한국에 온 다음 날, 민준을 만나 물었다. 너는 이 상황에 대해 만족하냐고.

민준 지연이가 미국 가서 공부하는 걸 내가 적극적으로 추진했는걸. 지연이가 공부를 무척 하고 싶어 했고, 그 기회를 놓치고 싶지 않아 한다는 걸 알았거든. 만약 나였어도 정말 가고 싶었을 것 같아.

정성은 질투는 안 나?

민준 대리 만족이랄까. 자식이 좋은 학교 가면 부모들이 좋아하는 거랑 비슷한 것 같아. 그런데 우린 심지어 같은 세대잖아. 같이 계속 살아갈 거니까, 서로에게 배우는 점이 더 많아지지 않을까. 내가 안정적인 사람이긴 하지만 어떤 면에서는 호기심이 많아서 안 해본 거에 도전해보고 싶고 모르는 사람에 대해 알아가고 싶은데, 지연이로 대리만족을 느껴. 지연이에게는 그 공부를 계속해낼 능력이 있다고 믿으니까. 아니 능력이 없더라도 하고 싶은 거 하면서 재밌게 사는 사람 보는 거, 좋잖아!

민준은 마치 부모가 자식을 사랑하듯 연인에게 사랑을 주고 있었다. 부러워라. 도리어 민준은 요즘 아이와 부모님에게 시간을 투자하다 보니 지연에게 쏟는 시간이 줄어들어 그녀가 느낄 아쉬움에 대해 걱정했다.

정성은 지연이 성격에 그런 아쉬움은 별로 없지 않을까? 아빠가 아이에게 시간을 쏟는 것도 둘의 결과물에 정성을 들이는 거니까 더 고마울 것 같은데. 남편이 아이한테 잘하는 걸 보면서 자신에 대한 사랑을 더 느낀다고 말하는 친구들도 꽤 있거든.

민준 그런가. 그런데 나는 지연이가 아이한테 사랑을 더 주길 바라진 않아.

정성은 남편인 너를 더 사랑해주길 바라나?

민준 그것보단 지금 과거엔 해보지 않았던 여러 가지 새로운 상황에 직면해 있잖아. 나 같은 경우는 육아하면서 회사 생활하며 부모님을 모시고, 지연이는 외국어로 박사과정 공부를 하지. 사람의 정신은 한정되어 있는데, 삶에서 닥쳐올 어려움을 잘 이겨낼 힘을 기르는 시간을 보내면 좋겠어. 단순히 아이에게 사랑을 더 많이 주길 바란다기보다는.

정성은 지연이가 공부에 전념해 무언가를 성취하길 바라는 마음이 더 큰 거야?

민준 뻔한 얘기지만 자기 삶에 만족하지 못하면 안 되니까. 나도 그래. 스스로가 안정적이라고 생각하지 못했다면 다른 사람을 사랑하지 못했을 거야. 오히려 타인의 사랑을 갈구했겠지. 우리 모두 힘든 시간을 보내고 있잖아. 아이는 아이 나름대로 자라는 데 힘든 시간을 겪고, 나도 지연이도. 그 상황 자체에서 서로 이겨내서 더 단단하고 행복하게 자신의 삶을 살 수 있게 되면 앞으로의 인생에서 가족이 서로의 버팀목이 될 테니까. 나는 그래도 한국에 있어서 감정적으로 교류할 사람이 있지만, 지연이는 혼자 외국에서 공부 중이니 멀리 있는 나에게 의지할 수밖에 없는데 내가 거기에 충분히 응답을 못 해주고 있다는 생각이 들어. 그래서 지연이에게 바라는 게 있다기보단, 어려운 시간을 부디 잘 견뎌내주길 바랄 뿐이야.

정성은 너무 걱정하지 마요. 지연이도 친구 많이 필요 없대. 너만 있으면 된대요. 내가 물어봤어, 거기까지 가서.

민준 그러니까 성은아, 굉장히 안정적이고, 사랑받고 있음을 믿을 수 있는 관계 하나가 잘 꾸려지면 다른 관계는 크게 필요 없다고 생각해. 꽤 오랜 시간 안정적인 관계 속에 있다 보니 적어도 나에게만큼은 증명되었나 봐.

정성은 아름다워. 나에게 결혼은 권태에 대한 걱정을 할 수밖에 없는 제도였는데 대화를 하다 보니 같이 만들어갈 날들이 기대되고, 그런 재미를 느낄 수 있는 세포가 활성화된 기분이야.

민준 많은 사람이 결혼하면 이렇게 저렇게 되어야 한다는 기대가 있고, 각자의 역할이 정해져 있다고 생각하니 그런 게 아닐까.

정성은 외국에 가게 된 남자를 여자가 따라가거나, 남자 혼자 가고 여자는 한국에 남아 아이 키우는 사례는 많은데 이건 반대의 경우잖아. 그래서 신기하고. 아이는 여자가 키워야 한다는 사회적 통념에서 비롯된 질문을 지연이가 많이 받는 듯해서 마음이 아팠어. 너도 자주 듣겠지만.

민준 어떻게 보면 지연이가 나가서 공부하기로 했는데 내가 따라가지 않은 거지. 나는 오히려 그런 반응들이 재밌어. 다른 사람들이 그렇게 했어요? 놀라 물으면, 저는 그렇게 해요! 하는 게 재밌지 않아? 나는 사회적 통념을 따르는 사람이 아네요. 나는 좀 신남성이에요!

정성은 뭐야……. 이 사람 즐기고 있잖아. 이런 재미가 있는지 몰랐네.

민준 그런 상상해본 적 없어? 내가 굉장히 멋진 사람인데 신분을 숨기고 있다가 지하철에서 어떤 사건이 생겨서 갑자기 슈퍼히어로가 되는! 나의 놀랍고 비범한 능력으로 사람들을 구하는! 그런 꿈이 있었는데, 지연이 덕분에 내 삶에 재밌는 포인트가 생겨서 좋아

알고 보니 그는 사랑의 약자가 아닌, 사랑의 슈퍼히어로였던 것이다. 그래, 열심히 다르게 살아줘. 다르게 살아줘서 고마워!

결성, 동굴 탐험대

옆 방 남자 한도현(가명)

여행지에서 만난 사람과 어디까지 관계 맺기가 가능할까? 처음엔 별생각 없었다. "심심한데 얘기나 할까요?" 베네치아에서 얻은 숙소 옆방 한국인 남성이었다. 클래식을 좋아하고 비엔날레 관람을 위해 베네치아에 왔다는 그. 보아하니 곱게 자란 것 같은데, 뭘 느끼고 싶어 여행 중인지 궁금했다. 대화가 시작되고 몇 분이나 흘렀을까. 나는 이 사람에 대해 너무 많이 알아버렸다. 그는 드라마에서나 볼 법한 가정사의 주인공이었다.

한도현 군대에서 휴가 나온 날 아빠 심부름으로 동사무소에 가서 서류를 뗀 적 있어요. 그런데 모르는 이름이 가족란에 있는 거예요. 일단은 못 본 척, 아빠에게 건네고 복귀했는데……. 친모가 따로 있었대요. 저를 키워준 엄마는 혈육이 아니었던 거죠.

두 살 되던 해 아빠의 폭행에 엄마가 집을 나갔다. 여섯 살 되던 해 아빠가 재혼했다. 새어머니를 친모인 줄 알고 살았다. 진실을 알게 되었을 때 어떤 기분이었는지 묻자, 잘 기억은 안 나지만 덤덤했다고 한다. 마치 전생에 당신은 노비였습니다, 라는 말을 들은 것처럼. 가족은 이미 그의 마음에서 멀어진 존재였다.

한도현 집에서 사회 생활하는 기분으로 살아서요. 친구랑 통화하는 것도 이불 뒤집어쓰고 했어요. 제 모습을 가족들에게 드러내기가 싫어서.

나는 눈이 번쩍 뜨였다. 그런데 이상하게 글로 옮길 수가 없었다. 무슨 일이 있었는지는 알겠는데, 그래서 그가 어떤 감정이었는지 도통 이입이 안 됐다.

한도현 저도 몰라서 그런 게 아닐까요.

정성은 뭘 모른다는 거죠?

한도현 제 감정을요. 혹시 감정표현 불능증(alexithymia)이라는 말 아세요?

정성은 아니요.

한도현 저도 팟캐스트에서 정신과 의사가 하는 말을 들은 건데요. 감당하기 어려운 사건을 겪었을 때 자기를 보호하기 위해 감정의 스위치를 꺼놓는 행위래요. 감정을 잘 느끼지 못하니, 자신의 감정뿐 아니라 다른 사람과의 감정적 교류에도 거리를 두게 된대요. 제가 정신과를 찾아간 이유도 그거였어요. 제 감정을 찾고 싶어서.

서른 살 되던 해 그는 처음으로 정신건강의학과를 찾았다. 지인의 권유였다.

한도현 저는 머리로 생각하고, 주변을 관찰하고, 그에 따라 움직이는 사람이었어요. 로봇 같다는 말도 자주 들었고.

정성은 로봇에서 인간이 되고 싶었나요?

한도현 네. 혼자 사는 데 한계가 있으니까요. 사람들이랑 같이 살고 싶어요. 그전까진 사람들을 내 목적에 맞춰 필터링했어요. 배울 점이 있는 사람들만 곁에 두려 했어요.

정성은 그럴 수 있는 거 아닌가요? 저도 좀 그런데.

한도현 좀 그런 정도가 아니라 배울 점이 없는 사람들은 다 버렸어요. 그런데 상담을 받으면서 그런 생각을 고쳐먹고 곁에 있는 사람들이랑 두루두루 잘 지내자 다짐했죠.

정성은 그것도 폭력 아닐까요? 인간에 대한 호불호는 누구나 있기 마련인데 그걸 없애고 다 같이 친하게 지내자?

한도현 그것도 전제가 상대를 인간으로 바라본다는 얘기인데……. 전 그들을 인간으로 안 바라봤어요. 모든 사람을 대상화해서 생각했죠. 편의점 직원은 계산해주는 기능을 가진 사람이고 그 기능만이 중요한 거죠. 그래서 계산을 잘해주느냐. 내가 카운터에 섰을 때 나름대로 준비가 돼 있고 계산을 똑바로 하고 영수증을 주냐 안 주냐 하는 기능에 충실한……. 그러니까 만약에 마감 시간이 다 되면 빨리 집에 가고 싶을 거잖아요. 근데 그런 심정에는 관심도 없고 그러든 말든 퇴근하기 1초 전까지, 0초가 될 때까지 그의 기능을 올바르게 수행하는 게 나한테 가장 중요했던 거죠.

정성은 그럼 친구는요? 그래서 친구가 없었어요?

한도현 네.

정성은 왜 사람을 기능으로 봤어요?

한도현 이거는 해석의 영역인데……. 내가 그래야겠다 해서 한 게 아니라서. 사람으로 받아들이면 감당할 자신이 없었기 때문 아닐까요.

정성은 친구의 기능은 나를 즐겁게 해주고 말이 통하면 되는 거 아니에요?

한도현 그런 생각 자체가 없었어요. 즐겁고 말이 통하고 하는 게 가능하다고 생각 못 했어요.

정성은 네?

한도현 그런 얘기 있잖아요. 태어나면서 인간은 부모와 교감하면서 인간관계를 배우는 거라고. 근데 저는 그런 과정이 삭제되었어요. 남들은 어렸을 때 자연스레 배운 것을 저는 성인이 돼서 다시 배워야 한다는 생각을 20대 중후반 때 하게 됐어요. 그런데 어디서 배우지? 아니 배울 수 있는 게 맞나?

정성은 상담이 도움이 좀 됐나요?

한도현 네. 제 안에 있는 동굴 끝까지 들어갔어요.

정성은 저도 되고 싶어요.

한도현 네?

정성은 동굴 탐사대.

그는 자신의 한계를 극복하고 싶었다.

한도현 어렸을 때 겪은 일이 저란 사람을 형성하다 보니 자꾸 그 틀에 갇히는 기분이었어요.

정성은 틀에 갇혀 있다는 걸 구체적으로 말한다면요?

한도현 애정 결핍, 인정 욕구 그리고 뭐가 있을까……. 제삼자처럼 스스로를 관찰해보면 어렸을 때 겪은 일들로 인해 제가 어떤 행동을 반복하고 있다는 걸 인지하게 됐고, 더는 그렇게 살기 싫어졌어요.

정성은 애정 결핍이라. 저도 그런 게 있나 궁금해지네요.

한도현 그런 생각이 들면 애정 결핍 없는 거예요. 당신은 사랑 많이 받잖아요.

정성은 아니에요. 10년 동안 연애도 제대로 못 한걸요.

한도현 어쩌다?

정성은 저는 제가 연애 안 할 때의 모습이 더 좋았어요.

한도현 왜요?

정성은 일단 저는 혼자서도 자주 행복해하는 사람이고, 회복탄력성이 좋아 힘든 일도 잘 극복하거든요. 그런데 연애에 있어서는 주체성을 잃는달까. 나의 기쁨과 슬픔이 타인을 통해서 오는 게 너무 크고 통제할 수가 없었어요.

한도현 잘난 사람이군요.

정성은 아니죠. 나약한 사람이죠.

한도현 왜 나약하다고 생각하죠?

정성은 상대 때문에 내가 무너질 것이라 지레짐작하고 있잖아요.

한도현 회복 탄력성이 크다면서요?

정성은 ……네.

한도현 그럼 된 거 아니에요?

정성은 …….

한도현 정신분석 받아봐야겠네. 같이 병원 가요. 동굴 탐험 동아리 해요.

그렇게 우린 가까워졌다. 주로 내가 질문하고 그가 답하는 터라 정보 비대칭성이 컸지만, 그는 자신이 까발려진 것에 후회는 없다고 했다.

한도현 출생부터 지금의 나를 만들어온 굵직한 사건들은 다 얘기했기 때문에 뭐라고 할까, 정말 인사이드 아웃이 돼버린 것 같아요. 좋으면서도 무섭네요. 우리 이야기 나눌 때 그런 모습은 별로다, 이런 얘기까지 나왔으니까. 당신은 지금 내 모습의 원인과 결과를 다 아는 사람이기 때문에, 재 이상해, 하고 거리를 두진 않더라도, 굳이 가까이하진 않을 수 있겠다 싶어요. 내 모든 면을 다 보여줬으니 나한테 호감을 갖긴 어렵겠죠. 그런데 더 가까워져서 신기해요.

정성은 상대의 안 좋은 모습까지 다 알게 되면 거리를 두기보다 오히려 좋아하게 되는 사람들이 더 많을걸요. 카사노바도 자신의 불우한 가정사부터 얘기한다고 하잖아요. 그 사람의 맥락을 다 알게 되면 이해 못 할 일이 없고, 자신의 마음 깊은 곳에 있는 것들을 이야기하면 세상은 뭐든 이해해줍니다.

한도현 그렇구나. 이해됐어요. 그때는 몰랐어요. 저는 옛날부터 불만이 많았어요. 나 좋은 사람인데 사람들이 왜 못 알아볼까. 저는 면접 같은 것도 잘 못 보거든요. 꾸며서 잘 보이고 이런 걸 못해서.

정성은 그럴 것 같았어요. 정장 입고 면접 보는 자리에서는 당신 안 뽑고 싶을 것 같긴 해요.

한도현 면접 같은 거 말고, 누군가가 내 뇌를 스캔한다면 내가 어떤 사람인지 알아봐줄 텐데. 그럼 나를 뽑을 텐데.

정성은 그게 나예요!

한도현 우와…… 사실 이런 생각 미성숙하다고 생각했거든요. 좋은 것도 상대방이 알아들을 수 있게 잘 가공해서 전달해줘야지, 그 노력이 싫어서 그냥 스캔해서 남이 알아줬으면 좋겠다고 생각하는 게 너무 못된 심보잖아요.

정성은 그렇게까지 잘하는 사람이면 제가 안 좋아했을 수도 있어요. 그런 사람들은 이미 좋아해주는 사람들이 많을 테니까 굳이 저까지 좋아할 필요가 없잖아요.

이왕 이렇게 된 거 인간 스캐너가 되어야지 생각했다. 좀 고장 나서 사람들 좋은 면만 스캔해주는 기계라도 좋겠다. 그런 기계라면 인간이든 로봇이든 상관없겠다.

선을 넘을까

작가 물개(가명)

애인이 오픈 릴레이션십 이야기를 꺼냈다. 그것을 제안하기에 앞서 그런 욕망을 떠올리는 것 자체로 속이 상했다. 하지만 친구들은 달리 생각해보라 했다.

"야, 이건 기회야. 누구는 하고 싶어도 못 해. 네가 솔로인 것보다 독일에 남자친구가 있고 우린 열려 있는 관계예요, 하는 게 더 매력적이지 않겠어?"

순간 깨달았다. 그건 내가 원하는 사랑의 방식이 아님을. 내 욕망은 잘 맞는 짝을 찾아 결혼해서 아이 낳고 경기도 신도시에 청약 넣어 당첨되는 것이다. 어차피 장거리 연애에서는 어려운 일이었다. 헤어지자고 했다. 사랑에 빠지는 건 흔치 않은 일이지만 노력하면 또 오겠지.

마음이 한결 편해졌다. 더는 그에게 과한 요구를 하지 않아도 되었다. 그가 독일로 오라고 할 때마다, 너 나 책임질 거야? 아니잖아! 하면서 속으로는 더 확신에 찬 말을 해주길 바랐다. 이제 그런 고민은 하지 않아도 된다. 비로소 내 앞에 한국에서의 안정적인 삶이 펼쳐졌다. 평생 영원히 여기서 한 사람과…… 그런데 이거, 정말 내가 원하는 게 맞나?

메일함을 뒤졌다. 비슷한 고민을 어디서 봤더라. 물개가 연재하는 여행기였다. 그녀는 혼자 저녁을 먹다 문득 데이트가 하고 싶어졌단다. 틴더를 다운받았고, 소개란에 이렇게 썼다. "Author based in Seoul, currently in Berlin. Open to any kinds of relationship. 서울에서 활동하는 작가임. 지금은 베를린에 있음. 모든 종류의 관계에 열려 있음." 그러자 얼마 있지 않아 연락이 왔다. "나는 fwb에 관심 있어. 여기 온 지 얼마나 됐어?"

Friend With Benefits. 사랑하는 감정 없이 성관계하는 사이. 당시엔 이 단어가 눈에 들어오지도 않았다. 작가의 글이 워낙 로맨틱했기 때문이다. 그런데 다시 읽어 보니 이 말, 어플에서 나도 들어봤잖아. 그때 나는 어떻게 대답했더라. "이노무 자식, 부모님이 너 이러고 다니는 거 아냐?"

하지만 그녀의 이야기는 다른 방식으로 전개됐다. 특히나 결정적인 순간엔 침이 꼴깍 넘어갔는데, 본격적으로 야한 장면이 펼쳐지려는 순간 작가가

"중략"

하며, 더 보여주지 않았기 때문이다.

그녀를 만나고 싶었다. 내게 닥친 문제들에 힌트를 주지 않을까. (전)남자친구를 공항에 데려다주고 온 날, 우리는 만났다.

정성은 우리 다 자신의 경험에 기반한 글을 써서 파는 사람들이잖아요. 그런데 누가 그러더라고요. 요즘 같은 시대에 나를 팔지 않아도 되는 게 권력이라고. 이 말에 동의하세요?

물개 글쎄요. 성은 님은요?

정성은 틀린 말은 아니지만, 그 말도 결국 방어기제가 아닌가 싶었어요. 나를 팔아도 되는 걸 수도 있잖아요. 세상에 내 이야기를.

물개 특히 에세이에 그런 우려가 있죠. 자기 경험을 쓰는 것 자체는 문제가 아닌 것 같아요. 그걸로 뭘 하고 싶은지가 문제지. 제가 글을 쓰는 이유는 나 이런 일 겪었어, 말하려고 쓰는 게 아니거든요. 철저하게 작가로서 쓰죠. 이야기하는 사람으로서 그 재료가 내가 겪은 일이 될 뿐이고. 거기서 시작하는 이유는 나에게서 출발하는 게 훨씬 진실하다고 느껴지기 때문이에요. 다만 위험하다고 느끼는 건 나를 들여다봄으로써 타인에게 가닿은 게 아닌, 내 자아가 비대해지는 방향으로 흐를 때예요. 그럼 문제가 되는 것 같아요.

정성은 자아가 비대해지는 게 왜요?

물개 왜냐하면…… 우울증 걸리거든요.

정성은 자아가 비대해지면 우울증 걸려요?

물개 보통 자의식 과잉이라고 하잖아요. 저는 그 상태가 불편해요. 제가 다른 사람을 사랑하는 데 방해가 돼요. 실제로 현대인이 겪는 정신적 문제의 일부는 내가 나에 대한 생각을 너무 많이 해서 나타나는 거라고 생각해요.

정성은 사람들이 그러는 데에는 이유가 있지 않을까요?

물개 그렇죠. 상처받거나 폭력적인 일을 겪으면 더욱 그리 되기 쉽죠. 그 일에 대해 곱씹게 되니까. 또 하나는 모더니티가 인간을 그렇게 만드는 것 같아요.

정성은 모더니티? 현대사회?

물개 인간이 자연과의 연결감을 잃으면서 자기 존재가 엄청 대단하고 뭔가를 통제할 수 있다고 생각하게 됐잖아요. 하나 대자연 속에 있으면 내가 얼마나 티끌 같고 작은 존재인지 알게 되거든요.

정성은 어머나. 스쿠버다이빙 하는 친구도 똑같은 말을 했어요. 육지에 있으면 다들 날 알아봐주면 좋겠고, 날 위해줬으면 좋겠는데 바다에 가면 자기가 아무것도 아닌 먼지 같아서 좋다나.

물개 정말 그래요. 글도 그래서 써요. 내가 아무것도 아닌 존재가 되는 게 좋아서. 글쓰기는 내가 나로부터 떨어질 수 있게 도와주거든요. 나를 무섭게 하는 문제들도 글로 쓰면 안 무서워져요. 내 문제가 너무 커 보여도 그걸 글로 쓰면 다룰 만한 문제가 돼요.

정성은 하지만 좋은 글을 쓸수록 작가님은 커지잖아요, 유명해지고 독자가 생기고 팬이 생기죠.

물개 영향력은 커지겠죠. 그럴수록 말과 글로 사람들의 마음을 움직이는 게 쉬워지는 걸 느껴요. 그게 얼마나 위험한 일인가요. 오직 나를 위해 그 영향력을 쓴다면 위험해지는 거죠.

정성은 정치인이나 사업가는 그럴 수 있겠지만 작가도 그런가요?

물개 그럼요. 작가는 다른 사람의 마음을 터치하는 능력을 계속 훈련하는 사람이잖아요. 예술가도 그렇고.

그러네. 나도 터치당해서 이 사람 앞에 앉아 있었네.

물개 이번에 연재한 글은 모두에게 공개되는 게 아니라, 정말 나에게 관심이 있는 적극적인 독자에게만 보내는 거라서 더 과감해지는 측면이 있었어요. 또 제게 온 질문들을 진심으로 탐구하고 있었기 때문에, 삶과 존재를 걸고 한번 실험하고자 하는 욕망이 있었어요. 내가 이걸 쓰면 세상이 어떤 반응을 보일까? 어느 정도는 글 속 자아와 실제 저를 분리해서 쓰기 때문에 가능한 일인지도 모르겠고요.

정성은 에세이라 하더라도 글 속 '나'와 글 밖의 '나'가 분리되어야 하는 군요.

물개　그래서 어떤 생각이 들었냐면, 이 정도 독자만 있으면 내가 휘둘리지 않고 계속 글을 써나갈 수 있을 것 같은 거예요. SNS도 다 열어두는 게 아니라 나의 소식을 듣고 싶은 사람에게만 메일을 전달해서, 나를 덜 드러내는 방식으로 지내는…… 그런 상상을 했어요.

장기적으로 스스로를 보호하면서 건강하게 성장할 방법을 고민하는 것 같았다. 평생 글을 쓸 운명이라면, 앞으로 써야 할 글이 더 많을 테니까. 지속가능성을 이야기하다 자연스레 주제는 사랑으로 이어졌다.

정성은　우정은 여러 명이랑 가능한데 사랑은 왜 잘 안 될까요? 독점적인 형태를 띠잖아요.

물개　겉으로 보기에는 그렇지만, 사랑의 디테일을 살펴보면 사실은 폴리아모리스러운 게 많다고 생각해요.

맞다. 어쩌면 대한민국은 이미 많은 사람이 오픈 릴레이션십을 하고 있는지도 모른다. 파트너에게 비밀로 할 뿐.

물개　저는 폴리 성향을 일찌감치 느꼈던 것 같아요. 일반적인 연애 각본이 나랑 안 맞는다는 생각을 오래전부터 했거든요. 정말 좋은 사람이 나타나면 괜찮아지나 생각했는데, 그게 아닐 수도 있겠다, 어쩌면 이것도 자연스러운 성향이 아닐까? 싶었어요. 지금까지는 남성 파트너들이 반대했기 때문에 일대일 독점 연애만 했던 거죠. 하지만 독일에서 그 친구를 만나고, 관계가 깊어지면서 새로운 실험을 한 셈이죠.

정성은 그 성향을 어떻게 알게 됐죠?

물개 연애 관계에서 파트너가 경계를 넘을 때, 감정적으로 치르는 소모나 고통이 있잖아요. 그게 저에겐 너무 적었어요.

정성은 정말요? 건강하다.

물개 그냥 성향 차이죠.

정성은 상대가 바람이 나도 괜찮아요?

물개 바람을 핀다는 게 다른 사람과 잔다는 건가요? 그럼 괜찮아요.

정성은 몰래 하면요?

물개 그럼 이제 잤다는 사실보다는 나에게 거짓말을 하고 은폐했다는 게, 우리 관계가 진실되지 않다는 게 타격이 있는 거죠. 근데 다른 사람과 자는 거, 너무 즐거운 경험일 수 있잖아요. 되게 신나지 않을까요? 사랑에 빠지는 경험은 너무 귀하잖아요. 제가 늘 생각했던 건 우리가 그걸 각자 하고 돌아와서 밤에 같이 이야기를 나누면 너무 좋지 않을까?

하지만 그건 서로를 연애 상대로 보지 않는 친구들하고만 했던 놀이인데…… 이걸 사랑하는 사람과도 할 수 있을까? "이번에 나 이런 사람 만났는데(잤는데) 너무 멋진 거 있지" 같은 대사를?

물개 쉽지 않죠. 정상적인 연애 각본을 벗어날 때 엄청나게 많은 불확실성과 정체 모를 감정들이 한꺼번에 들이닥치니까요. 그거를 하나하나 밟아나가는 게 귀찮고, 어렵고. 저야 뭐 이런 경험이 다 제 글이 되는 거지만, 매일 9시부터 6시까지 일에 치여 사는 사람들한테는 그런 걸 탐험하기에 너무 에너지가 드는 것 같아요. 한국은 더 치러야 할 게 많죠. 근데 베를린은 관계 맺음의 방식이 많거든요. 더 자연스럽고. 그럼 나도 흘러 흘러 그럴 수 있지 않을까? 거긴 워낙 변태 같은 사람들이 많은 곳이니까.

정성은 저도 마음을 좀더 열고 싶네요.

물개 가서 한번 살아봐요. 남자친구 따라서.

정성은 같은 집에 살면서 해보라고요? 그럼 제가 더 잘할 것 같긴 한데……. 그래도 질투 나요.

물개 그 분노와 질투심 있잖아요. 그걸 잘 들여다보는 게 좋을 것 같아요. 우리가 늘 질투라고 뭉뚱그려 말하지만 사실은 이 사람한테만은 내가 늘 1등 하고 싶은 욕망일 수도 있고,

내가 버려질까 봐 갖게 되는 두려움일 수도 있고, 두려움에 대한 반발심으로 구속하려는 것일 수도 있고……. 여러 가지인 것 같거든요. 어쩌면 둘 사이 연결감이 부족해서 생기는 불안일 수도 있고요.

정성은 맞아요. 만약 이 친구와 제가 서로에게 충분히 충실하다면, 이런 관계가 여럿 있는 것도 나쁘진 않을 것 같아요. 소중한 관계니까요. 하지만 지금은 그가 다른 사람에게 호기심을 가지는 것마저도 꼴 보기 싫어요.

물개 그렇구나. 근데 그걸 어떻게 해요. 내가 그 사람을 통제할 수 없잖아요.

정성은 이상한 점은, 이런 얘기를 서로 다 털어놓으니 갑자기 사랑이 커졌다는 거예요.

물개 맞아요. 그렇다니깐요!

정성은 예전부터 늘 불안했어요. 연인이 바람을 피우면 어쩌지? 나는 다른 사람들과 거리낌 없이 친해지면서, 상대가 다른 사람에게 조금의 호기심만 가져도 불안해했어요. 그런데 이런 마음을 다 털어놓고 욕망을 인정하고 나니까 마음의 뒤틀림이 사라졌어요.

물개 너무 좋은데요? 얘기 잘하셨네.

정성은 하지만 어떤 순애보? 애절함은 사라졌는지도 몰라요. 모르겠어요.

물개 저는 폴리아모리 책들을 읽은 것도 도움이 많이 됐는데 그 말이 기억에 남아요. 지난 연애에서 제가 마음고생을 많이 했거든요. 충분히 사랑받지 못하고 있다는 느낌 때문에. 그걸 내가 요구하면 안 된다고 느꼈어요. 그런데 《윤리적 잡년》이라는 책을 보니, 얼마든지 요구할 수 있다는 거예요. 내가 원하는 종류의 방향과 관심, 나를 더 보살피고 사랑해달라는 요구는 얼마든지 할 수 있다고. 서로가 편안한 방식으로 충분히 연결되어 있고 사랑받고 있다는 느낌을 주는 것이 연인 사이에 너무나 중요하다는 얘기를 하더라고요.

정성은 애쓰지 않아도 자연스럽게 사랑을 주고받고 싶어요.

물개 저도요. 전에 만났던 친구는 나를 욕망하고 필요로 하고 원했지만, 나를 사랑하진 않았던 것 같아요.

정성은 그걸 어떻게 알았어요?

물개 나를 보는 눈에서요. 이 친구는 나를 있는 그대로의 내가 아닌 자기가 욕망하는 여성으로서 좋아하는구나.

정성은 그거 뭔지 알 것 같아요.

물개 저는 어떤 게 사랑인지 알아요. 친구들에게 배웠거든요. 그들이 나를 볼 때의 눈빛에서 무조건적인 사랑과 지지를 느낄 수 있어요. 나의 밝고 멋진 면만이 아닌 부족하고 지질한 면까지 감싸 안는 게 사랑이잖아요. 그런 사랑을 그 친구에게서는 느끼지 못했어요. 그래도 저는 사랑했고, 그래서 많이 배운 연애이긴 했어요.

정성은 무얼요?

물개 처음부터 직감했어요. 얘가 나를 아프게 하겠구나. 그걸 감수하고 걔를 사랑하고 마음 줬던 게 힘들었지만 넓어지는 경험이었어요. 그런 면에서 베를린은 진짜 특별한 공간인 건 맞는 것 같아요. 많은 일이 일어나고, 다양한 관계를 실험하기 좋은 곳이죠.

정성은 베를린은 왜 그런 곳이죠?

물개 경계를 실험하니까요. 공간의 힘이 강력한 것 같아요. 내가 어디에 속해 있느냐에 따라 회사원이 되기도 하고 아니기도 하잖아요. 어쩔 수 없이, 얼마나 저항하느냐에 관계없이, 내가 속한 공간의 힘이 대단히 크죠. 그게 나라나 도시라면 더할 테고요.

정성은 갑자기 그가 너무 부럽네요.

물개 성은 님도 가서 살아요. 가서 더 많이 탐험해봐요. 지금 성은 님에겐 그런 관계 맺기가 불편하고 싫을 수 있지만 10년 뒤에는 다를 수 있잖아요.

정성은 아빠가 안 된대요. 삼촌도 그랬어요. 2주 정도 가서 놀다 오는 거 괜찮은데 3개월은 안 된다고. 여자가 그렇게 오래 가서 있으면 헤어지게 되어 있다고. 말하면서도 너무 모지리 같네요.

물개 성은 님 그렇게 안 봤는데…… 2주면 괜찮은데 3개월은 안 된다는 거잖아요. 진짜 웃기다. 그래서요?

정성은 모르겠어요.

물개 아무리 부모 자식 사이라도 타인의 인생에 일일이 간섭할 수는 없죠. 그건 폴리에서도 똑같은 것 같아요. 그 사람 만나지 마, 라고 할 수 없는 것처럼. 듣는 사람으로서는 그 말에서 자유롭기 어렵죠. 단순히 성은 님의 마음과 의지의 문제가 아니라, 지금 계속 간섭하는 사람들 틈에 있는 환경 때문에 더 갈팡질팡하는 거잖아요. 이 선을 넘을까 말까. 확실히 넘지 못하게 만드는 요인이 거기에 있는 게 아닐까요?

정성은 그럼 선을 넘어볼까요?

물개 원한다면.

이야기할수록 자유로워지는 기분이었다. 하지만 30대 초중반인 우리는 정상성 진입의 막차에 놓여 있었다. 이 기차를 탈 수 있을까.

물개 제가 만났던 남성들이 저에게 여자친구로의 역할을 기대해서 잘 안 됐던 거잖아요. 마찬가지로 나도 내가 만나는 남성 파트너에게 가부장으로의 역할을 기대하면 안 되는 것 같아요. 하지만 그걸 놓기 어려운 현실인 건 맞아요. 사실 저도 성폭력의 깊은 역사 때문에 한동안 헤테로 남성과 관계 맺는 게 힘들었어요. 내 여성성을 지우고 싶었어요. 하지만 여행을 다니며 내면을 성찰하는 헤테로 남성들을 많이 만나면서, 나의 여성성이 긍정적인 방식으로 회복된 듯해요. 그래서 나도, 그들이 자신의 남성성과 여성성을 잘 탐험할 수 있도록 도와주고 싶어요. 그들이 좀더 건강한 방식으로 남성성을 갖게 되면 좋겠어요. 그런 면에서 제가 좋아하는 남성들은 어느 정도는 퀴어한 것 같아요.

정성은 저도 그 친구의 퀴어함에 반했죠. 언젠가 우리가 서로를 '남자'친구 '여자'친구로 대하지 않고, 둘의 관계만으로 충만한 사랑의 모습을 찾을 수 있을까요?

물개 그럼요. 둘 사이의 사랑이 본연의 모습대로 자연스럽게 흘러가는 것. 그것이 선을 넘더라도…… 그런 게 나에겐 폴리예요.

이렇게 실컷 이야기해도 내일 되면 또 까먹을지도 모른다. 눈을 감았다 뜨면 바뀌는 게 사람 마음이니까. 하지만 결국 우리는 우리가 원하는 대로 살게 될 것이다. 그곳에 넘지 못할 선이 있다 하더라도, 진정 원한다면 언젠가는…….

손 잡고 걷기

벽장 게이 민수

종로의 영어 학원에서 만난 그는 잘생긴 외모로 여성들의 관심을 한 몸에 받았다. 하지만 소개팅은 받지 않았는데 그 모습이 더 매력적으로 느껴졌다. 그러던 어느 날, 그가 나를 룸술집으로 불렀다. 할 말이 있다고. 요즘 부쩍 자주 연락하더니 혹시? 기대하며 나간 자리에서 그는 내게 고백했다. 자신은 남자를 좋아한다고. 이 사실을 아는 사람은 거의 없다고. 그렇게 우리는 절친이 되었는데…….

몇 년이 흘렀을까. 그의 연애 소식을 들었다. 이 사람이라면 평생 함께해도 괜찮을 것 같단다. 벽장 게이인 그의 입에서 결혼이라는 말이 나올 줄이야. 나는 부러워하며 물었다. "그렇게 사랑하는 사람과 연애하면 어떤 기분이야?" 키스는 어떤 느낌이냐고 묻는 초등학생을 달래듯 그는 말했다. "그런데 있잖아, 연애한다고 해서 매일 신나는 일이 생기는 건 아니야. 그냥 같이 맛있는 거 먹고, 마음의 안정을 주는 내 편이 생기는 거지. 내가 보기엔 네가 더 재밌게 사는 거 같은데?"

그게 무슨 말인지 연애를 해보고 알게 되었다. 사랑하는 사람을 만나고, 원하는 직장에 들어가고, 여행을 훌쩍 떠나도 그것만으로는 기쁨이 영원하지 않다. 또다시 반복되는 평범한 일상에서 행복을 얻기 위해 우리는 계속 움직여야 한다. 문득 그는 어디로 어떻게 움직이고 있는지 궁금했다. 잘 지내니. 너의 사랑은 여전하니. 그러자 그는 한 달 전 헤어졌다고 답했다.

정성은 괜찮아?

민수 응. 아니.

정성은 그때 네가 한 말 생각나? 연애하니 어때, 묻자 시간이 지나니 익숙해졌다고 했잖아.

민수 그게 행복이었는데, 너무 익숙해서 행복인 줄 몰랐었던 것 같아.

정성은 뭐가 행복인데?

민수 그 친구 만나면 많이 웃었는데, 이젠 퇴근하고 집에 오면 웃을 일도 없네. 좋은 일이 생겨도 슬픈 일이 생겨도 얘기할 상대가 없으니 감정의 폭이 좁아진 것 같아. 재미가 없고.

정성은 그런데 너 그때도 되게 재미없어 보였어.

민수 그런 줄 알았거든. 연애 초반 사진을 돌려보면 정말 표정이 초롱초롱하고 밝은데, 헤어지기 전에 같이 있는 사진을 보면 좀 어둡기도 했고. 회사도 너무 힘들어서 웃음이 없어졌다고 우리끼리 말하고 그랬는데, 헤어지고 나니까 그때가 지금에 비하면 많이 웃었더라고. 지금에서야 그런 게 보이는 것이지.

정성은 그렇구나. 왜 헤어졌는지 물어봐도 돼?

민수 내가 소통에 약한 사람이었던 것 같아. 대화를 하면 듣고 싶은 대로 듣는 경향이 있더라고.

정성은 다 그래.

민수 내가 데이트할 때 사람들 앞에서 손잡고 이런 거 못 하는 사람이다 보니까……. 나는 그게 당연했거든. 여태까지 그렇게 살았고, 밖에서 우리가 손잡으면 사람들 시선이 쟤네 봐, 이럴 수 있고, 회사에 소문날 수도 있고. 그런데 그 친구는 평생 사회적 시선에 당당하려고 노력해온 사람이니까 밖에서도 나랑 손잡고 싶어 하고 그걸 나에게 요구한다 생각했어.

정성은 맞는 거 아냐?

민수 꼭 그런 건 아니래. 아니라고 하면서 하는 얘기들이 나에겐 다 그렇게 들리는 거야. 손을 잡고 다녀야 하고, 결국 내가 커밍아웃도 해야 하고. 우리 커플 상담도 받았거든. 상담 선생님이 민수 씨 할 말 지금 해보세요, 해. 내가 말하면, 남자 친구분은 민수 님 말을 어떻게 이해했어요? 하고 물어봐.

정성은 커플이 같이 상담받는 거야? 우와.

민수 그렇게 얘기해보니까 그 친구가 원했던 건 꼭 그런 게 아니었던 것 같아. 밖에선 못하니까 둘이 있을 때든, 전화로든 좀더 살갑거나 먼저 표현해주길 바랐던 건데…….

정성은 넌 이미 답을 정해놓고 그를 판단했구나.

민수 응.

정성은 그건 너만의 문제가 아니야. 우리는 대체로 자기가 살아온 방식대로 생각하니까. 나도 그래. 상대의 말을 확대해석하고, 혼자 서운해서 마음속으로 멀어진 사람들 너무 많아. 모두가 나의 애인이 아니니까, 마음속에 있는 걸 말할 용기도, 힘도 없어서 멀어지지. 그런데 사랑하는 사이면 '그냥 내가 더 사랑해줄게' 하고 안아주면 그걸로 소통이 되는 거 아니야?

민수 생각만큼 쉽지 않더라고. 내가 소통하는 데 어려움이 있나 봐. 감정이나 상태를 정리해 설명하지 못하겠어. 일단 내 감정이 어떤 상태인지도 잘 모르고, 감정에 대해서 그렇게 생각을 많이 하지도 않아.

정성은 왜?

민수 피곤하니까. 최대한 안 하려고 해. 상담 선생님이 그러시더라고. 자기감정이나 상태에 대해 얘기를 못 하는 사람이 남의 얘기도 잘 못 듣는대. 회사에서도 팀장님 지시에 이게 무슨 말이지 싶을 때가 많아.

정성은 그럼 말하면 되잖아. 죄송한데 제가 로봇이어서 무슨 말인지 못 알아듣겠어요.

민수 처음엔 그랬지. 그런데 안 되는 걸 어떡해. 내가 하는 일이 사람들의 의견을 부드럽게 전달하고, 중간에서 조율하는 역할인데 잘 못 하겠어. 우리 팀장은 돌려 말하는 스타일인데, 결국 거절하라는 말이죠? 하면 또 거절까진 아니래. 그러면서 계속 뱅뱅 돌려 말하는데, 내가 듣기에는 거절하라는 말 같은데 미치겠는 거야.

정성은 하…… 대체 소통은 어디서 어떻게 배워야 하는 걸까?

민수 그래서 일을 쉬더라도 소통이나 관계를 본격적으로 공부하는 시간을 가져야겠다고 생각했거든. 그런데 상담 선생님이 그렇게까지 할 건 아니고, 부딪히면서 배우는 수밖에 없대.

정성은 네 애인은 좋은 소통 상대였잖아.

민수 근데…… 내가 말하지 못한 것들이 너무 많아. 말하고 후회하는 것보다, 말 안 하고 후회하는 걸 선택하는 편이었거든. 저질러버리면 일이 더 커지니까. 가만히 있으면 반이라도 가는데.

민수는 말을 아끼는 사람이었다. 자신을 숨기는 데 능했다. 그가 게이라는 걸 아는 사람은 주변에 몇 없었다. 반면 남자친구는 자신을 드러내야 마음이 편한 사람이었다. 가족에게도 커밍아웃했고, 그게 받아들여지는 가정이었다. 둘은 서로에게 사랑을 쏟으면서도 평행선을 달렸다.

정성은 너는 충분히 잘난 사람이잖아. 잘못한 게 없잖아. 뭘 그렇게 숨기고 싶은 거야?

민수 나는 내가 좋아하는 걸 밝히는 것도 창피한 일이라고 생각했거든. 중학교 때 친구들이 놀러 온다고 하면 집에 있는 장난감을 다 숨겼어. 중학생이 프린세스 메이커를 하는 게, 주성치 영화를 보는 게, 이정현 노래를 듣는 게 다 쪽팔렸어.

정성은 야, 주성치랑 이정현이 뭐가 쪽팔려. 나도 좋아했는데……. 그럼 성정체성도 그때 알았어?"

민수 응. 애들이 보는 거랑은 다른 야동을 봤거든. 그때부터 숨기고 싶어 하는 성향이 강해진 것 같아. 들통나면 안 되니까.

정성은 꼭 정체성이 아니더라도 약한 모습을 드러냈을 때 더 공감을 받기도 하잖아. 나는 글 쓰면서 그랬거든. 여기까지 드러내도 괜찮을까? 하는데 세상이 괜찮다고 해주는 거야. 그래서 조금 더, 조금 더, 하게 됐는데.

민수 나는 항상 내 약한 부분을 드러내기 싫어했던 것 같아.

정성은 그럼 뭘 드러내면서 사람들이랑 교류했어?

민수 안 했지. 속 얘기를 하다 보면 내 숨기고 싶은 취향들이 드러날 수 있으니까. 그래도 늘 마이너한 사람으로 있고 싶지 않다는 욕망은 있었던 것 같아. 고등학교 때 갑자기 공부를 잘하게 됐는데 그때 세상이 날 다르게 보는 거야. 나는 그저 가만히 공부했을 뿐인데, 교무실에서도 내 얘기가 항상 돌고 나를 모르는 사람이 없고. 이후로 메인에 들고 싶다는 생각이 강해졌어.

정성은 메인에 들면 왜 좋아?

민수 모르겠어……. 그저 수동적인 관종이 아닐까? 내가 나서는 건 싫어하면서 사람들이 나를 알아봐주길 바라는.

정성은 다 그렇지 뭐. 그럼 더 안 드러내고 싶어?

민수 응. 나는 기본적으로 나를 드러내면 거기에 위험이 도사리고 있을 거라는 생각부터 들어. 그래서 뭐든 다 안 하는 것으로 귀결돼. 행여 안 좋은 일이 일어날까 걱정하며 위험한 상황들을 예측하다 보면, 무엇도 제대로 할 수가 없어.

정성은 그래서 가까운 사람들에게도 커밍아웃 안 한 거야?

민수 지금 내가 커밍아웃하면 내 이름보다 게이가 나를 설명하는 키워드가 될 것 같아. 나중에 만약 공개적으로 커밍아웃을 하게 된다면, 그 리스크를 상쇄할 만한 나만의 독보적인 가치가 있을 때 하고 싶어. 팀 쿡이 게이라서 유저들이 아이폰을 쓰고, 안 쓰고 결정하는 건 아니니까.

좋은 전략이다 싶으면서도 슬펐다. 왜 트로피를 다 채워야 본모습을 드러낼 수 있는 건지. 평범한 권리인데도.

민수 그래도 그 친구 만나면서 나를 많이 드러내게 됐어. 0에 있다가 1로 간 셈이지. 그 친구는 이미 10에 있어서 여전히 멀긴 했지만. 사회정의와 사랑에 관심이 많은 그 친구를 보면서, 나도 저렇게 주변 사람들과 관계 맺고, 사랑을 주고받는 삶을 살아보고 싶어졌고, 그래서 가족들이나 강아지에게도 잘 대해 보려 하고 있어.

정성은 어떤 식으로?

민수 예전에는 퇴근하면 무조건 방문 닫고 혼자 있었는데, 이제는 부모님이랑 밥 먹으면서 얘기도 해.

정성은 어떤 얘기하는데?

민수 요즘에 시금치 값이 올랐다더라. 이 반찬 맛있네요.

정성은 그게…… 다야?

민수 이것도 나에겐 큰 노력이야. 예전엔 일상 얘기도 안 했어. 그럼 결국 어떻게 지내냐, 여자친구는 없냐, 이런 얘기로 귀결되니까.

민수의 부모님은 얼마나 궁금할까. 민수가 누굴 만나 사랑하고 어떤 고민을 하면서 사는지. 하지만 아마 영원히 모를 거다. 민수에게 특별한 일이 일어나지 않는 이상.

정성은 그런데 몇 년을 사귀었는데 밖에서 손 못 잡는 거는 진짜 좀 그렇다.

민수 손잡고 다니는 남자 커플 본 적 있어?

정성은 아니.

세상은 끝없이 사랑을 예찬하는데, 손을 잡는 일도 쉽지 않아 헤어지는 커플이 있다. 나는 아니라서 다행이라 말해도 되는 걸까.

다시 하고 싶은 사랑

심리치료사 에스더(가명)

"그는 어떤 사람이야?" 물었을 때 사람들은 쉽게 답하지 못했다. "음…… 자유로운 영혼?" 나 역시 그에 대해 잘 몰랐다. 친구의 친구였고, 같은 단과대 소속이니 얼추 비슷한 길을 가겠거니 싶었다. 하지만 그는 요리사가 되어 베를린으로 떠났고, 거기서 만난 사람과 사랑에 빠져 미국에 정착했다고 한다.

그처럼 훌쩍 떠난 사람이 주변에 없어서일까. 어떤 동기로 행동하고 움직이는 사람인지 궁금했다. 메시지를 보냈다. "에스더, 지금 어디에 있어요?" 답이 왔다. "뉴욕이랑 가까워요. 한번 놀러 와요."

보스턴의 명물 하버드 대학교에서 브이 하는 사진을 인스타 스토리에 올린 날, 그에게서 다시 연락이 왔다. 근처라고, 만나자고. 사진으로만 보던 사람을 실제로 보려니 조금 떨렸다. 서른 넘어 대학 얘기를 하는 게 무슨 소용인가 싶지만, 그가 미대생이었다는 사실은 놀라웠다. 힘들게 입시 미술을 하고 전과를 하다니.

에스더 미대는 학비는 비싸면서 해주는 게 별로 없는 것 같았어요. 어쩌다 인문대 수업을 들었는데 너무 재미있는 거예요.

철학과로 전과했죠.

정성은 저는 철학 너무 어렵던데, 뭐가 재미있었어요?

에스더 20대 초반이니 피가 끓잖아요. 세상을 바꾸고 싶었죠. 철학은 혁명과 어느 정도 관련이 있잖아요. 질적인 변화 이전에 아이디어를 제시하는 학문이니까요. 삶은 이런 거고, 세상은 이런 방향으로 가야 한다. 요즘 자기 생각을 유튜브에서 말하는 사람들 많은데, 크게 다르지 않은 것 같아요.

정성은 철학과 나오고 관련 일은 했나요?

에스더 철학은 한국 사회에서 직업적 기능이 별로 없으니까. 졸업하고는 미술 일을 했죠. 그러다 공동체에 사람들과 같이 살게 됐어요.

정성은 공동체요?

그곳에는 다양한 사람들이 모였다. 노동 운동가, 환경 운동가, 페미니즘 활동가……. 공동체 생활 자체가 한국 사회에서는 일종의 저항이었다. 나는 너희가 원하는 대로 살지 않겠다는 선언.

에스더 옥상 텃밭에서 키운 채소로 요리를 해봤는데 애들이 너무 좋아하는 거예요. 그 뒤로 요리를 권유받았어요. 전문적으로 해보라고.

정성은 저항 얘기가 나와서 하는 말인데, 혹시 좀더 '정상성'을 유지하는 것들엔 관심이 없었나요? 남들이 하니까 나도 해야겠다 싶은. 저는 그런 게 많았거든요.

에스더 아무래도 돈이었죠.

정성은 요리사로도 충분히 돈 벌 수 있잖아요.

에스더 몸이 갈리죠. 처음엔 몰랐어요. 그냥 요리하는 게 좋아서 시작했으니까.

그는 주방보조로 경력을 시작하지 않고, 팝업 레스토랑을 직접 여는 것으로 업계에 뛰어들었다.

에스더 그림도 요리도 비슷해요. 창작이죠. 거기서 오는 번아웃이 있었어요. 창작이 돈이 되려면 팔려야 하니까. 누군가 나에게 돈을 주고 특정한 뭔가를 만들길 요구하죠. 하지만 거기에도 창작혼은 사용되거든요. 근데 이 창작혼이 아이 같은 거여서, 오직 팔리는 것만을 위해 쓰이다 보면 쉽게 부서지는 것 같아요. 처음에는 다 재밌어서 시작하잖아요. 그래야지 좋은 게 나오고 유효성이 생기는 건데, 그걸 직업으로 하다 보면 뭐라 해야 하지? 안 선다고 해야 하나?

정성은 고추가요?

에스더 네, 안 서요.

정성은 사실 저도 그래요. 재밌어서 영상 제작을 시작했는데, 그게 일이 되었어요. 기업에서 영상 열다섯 개 만들어주세요, 하면 네, 하다 보니 어느 순간부터 서지 않아 힘들었어요. 재미가 사라지니 실력도 안 늘지, 경쟁자들은 많아지지, 도태되는 것 같아서 잠시 도망쳤어요.

에스더 잘했어요.

정성은 근데 진득하게 하는 사람들도 있잖아요.

에스더 좀 애매한 게, 예술적 영감을 사용하면서도 점점 기술자에 더 가까워지는 일 같아요. 노래 잘 만드는 가수 자이언티 같은 경우도 사실 반 정도는 기술자 정체성이지 않을까요. 기능적으로 잘 훈련돼 특수한 수요에 능한. 그런데 어느 날 자이언티가 이럴 수 있잖아요. 나 갑자기 엄청 딥한 일렉트로닉 음악에 꽂혔어. 예술가라는 건 항상 새로운 매체로 자기를 실험해보고, 자기 안에 있는 다른 모습을 꺼내가며 확장하는 건데, 기술자는 수요에 최적화된 사람이 되는 거니까. 그게 다르다고 봐요.

정성은 우린 다 훌륭한 기술자도 꿈꾸지 않나요? 작업실이

을지로에 있다 보니 거기 장인들 보면서 감탄한 적이 많아요. 촬영 일을 하는 친구들이 장인이 되어가는 걸 보면서, 저렇게 돈도 잘 벌고, 전문성도 쌓아가는 게 멋이라 생각했고요. 하지만 마음 깊은 곳에는 예술가가 되고 싶은 꿈이 있나 봐요. 당신도 예술가가 되고 싶었어요?

에스더 의지의 문제가 아니라 안 서서……. 예술가이며 동시에 기술자인 사람은 따로 있는 것 같아요. 예술가라는 정체성을 가진 채 풀(full) 발기는 아니더라도 반(半) 발기를 유지하면서, 기능적으로 할 수 있는. 하지만 저는 반 발기인데 삽입을 왜 해? 하는 사람인 거죠.

반 발……기? 조금 민망했지만. 어쩌면 꽤 적절한 비유 같아서 그대로 대화를 잇기로 했다.

에스더 사람들은 풀 발기 상태를 유지하기가 어려우니 반 발기라도 되는 게 어디야, 못 하는 것보단 낫지, 하죠. 하지만 제 마음은 평생 애매하게 발기할 필요가 있나? 잠깐이라도 풀 발기할 때 즐기면 되지, 하는 거예요.

정성은 정말요? 그럼 잠깐 하고 끝나면…… 뭐 해요?

에스더 그러면 이제 직업으로서는 유효하지 않은 거죠. 그걸 요리를 관두고 깨달았어요.

정성은 그래도 되는 거군요. 전 그게 끈기 없고 나약한 모습이라 생각했어요. 버티는 사람들이 대단해 보였고.

에스더 그건 그럴 수 있는 사람이어서 그러는 거예요. 풀 발기만 하고 싶은 사람도 있는 거잖아요. 난 그게 더 좋은데 어떡해.

정성은 요리할 때 어떤 게 풀했고 어떤 게 풀린 느낌이었어요? 단순히 몸이 힘든 건 아닐 것 같은데.

에스더 정신적으로 힘든 거죠. 이게 내 것이라 느껴지는 순간이 스쳐 지나가는 거죠. 열 시간 일하면 1초? 이 디시에는 뭔가가 있어! 하고 딱 내보냈을 때 진짜 기가 막히게 반응이 오거든요. 먹는 사람들의 표정이 달라요.

정성은 요리사들은 아무리 잘 만들어도 자기가 만든 걸 그때그때 맛보지는 못하지 않나요?

에스더 못 하죠.

정성은 그럼 어떻게 판단해요? 이게 맛있는지?

에스더 자기 완성도를 알죠. 맨날 만드니까요. 결과물을 통해 알아차리는 게 아니라, 만드는 과정에 몰입하면 알아요. 맛있을 거라고.

정성은 못 믿겠어요. 영상이나 글 같은 건, 중간중간 계속 수정하고 결과물을 확인하고 내보내다 보니.

에스더 집에서 요리할 때도 요가하는 마음으로 자기 속도에 맞춰, 쫓기지 않고 하면 달라요. 똑같은 레시피로 만들어도 혼이 담겨 있죠. 미친 듯이 돌아가는 상업 주방에서 혼이 담기려면 정말 마스터가 되어야 하는데 거기까지 가다간 제 몸이 상할 것 같아서 그만뒀어요. 너무 잘한 선택이었죠.

정성은 발기부전이 심하셨구나…….

에스더 네. 처음엔 그게 그림이었고, 나중엔 요리가 된 거죠. 요리와 그림 모두 저한테 정말 소중하고 희열을 주고 의미가 있는, 나를 만날 수 있는 매체였는데, 그걸 완전히 잃어버린 거죠. 요리를 그만두고 한동안은 주방 근처에도 안 가고 레토르트 음식만 먹었어요. 간단한 것도 만들 수가 없었어요. 그러다 회복기를 거쳐 지금은 좀 나아졌어요. 다시 요리와 관계를 이어나가고 싶어요.

정성은 다시, 하고 싶어요?

에스더 직업도 어떤 면에선 연인 관계 같아요. 데이트하는 거죠. 섹스 얘기가 나와서 계속하자면(웃음) 발기도 안 되고 서로 끌리지도 않는데 계속 섹스를 해야 한다면 서로한테 얼마나 상처가 커요. 서로 원하지도 않는데 되지도 않는 걸 일부러 막…….

정성은 그런 사람들 많잖아요.

에스더 그게 감정적으로 얼마나 큰 상처가 돼요. 몸에 다 남잖아요. 일도 똑같다고 봐요. 그래서 한동안 안 만났죠. 하지만 사랑하긴 했잖아요. 어쩌면 사랑이 문제였다기보다, 그 사람과 억지로 섹스하려고 했던 게 문제였던 것 같아요. 원하지도 않는데 내가 설정한 틀 안에서 서로를 밀어붙였던 게 너무 미안한 일이었구나. 연인이라는 게, 창작이라는 게, 그런 거구나. 근데 그 사람 좋아했잖아요. 한때 너무 사랑했잖아요. 그래서 우리가 거기까지 간 거잖아요. 그러니까 다시 만나고 싶은 거예요.

잠시 침묵하다 말을 이었다.

에스더 그리고 다시 만났을 땐 우리 그딴 거 하지 말자.

정성은 ……마음이 복잡해지네요.

에스더 억지 섹스를 했었나요?

아마 그럴지도.

휴식기를 가지면서 그는 생각했다. 이제 나는 어떤 걸 해야 할까. 어떤 상대여야 나를 만족시켜줄 수 있을까. 그는 심리치료와 상담이라는 새로운 상대를 찾았다. 그와 조심스레 알아가는 중이다.

에스더 예술이 나의 아이 같은 면, 순수한 면을 만나는 거라면 상담은 다른 사람의 깊고 여린 부분을 사회적으로 만나는 일 같아요. 이 일로는 예술가가 되지 않아도 좋으니, 기술자가 되어보고 싶어요. 그래도 기쁠 것 같아요.

나도 만날 수 있을까. 그런 사람, 혹은 그런 예술 아니면 그런 기술……. 그게 무엇이든 사랑을 나누고 싶어졌다.

카메라로 할 수 있는 일

다큐멘터리영화 감독 김영충

여름, 뉴욕에 머물면서 메일링을 했다. '치부노트'라는 제목으로 스탠드업 코미디의 소재가 될 만한 이야기를 에세이로 써서 보내는 프로젝트였다. 언젠가 한 편의 작품이 되길 바라는 마음에 홍보 영상을 넷플릭스 예고편처럼 만들었는데 예기치 않은 연락이 왔다. 본편을 보고 싶다고. 같이 만들어보자고.

어떻게 이런 일이 싶었지만, 예고편을 보면 본편이 궁금해지기 마련이다. 덕분에 암스테르담까지 오게 됐다. 치부노트를 쓰며 스탠드업 코미디를 하는 여정을 다큐로 담아보겠다는 프로듀서님의 기획안이 암스테르담 국제 다큐 영화제의 'K-피칭 부문' 후보에 올랐기 때문이다.

일곱 편의 작품이 후보에 올랐고 영어로 발표했다. 화면 속 내 모습이 조금 민망할 것 같았는데 막상 보니 재미있어서 욕심이 났다. 현재진행형의 삶에서는 조금의 갈등도 버거웠는데, 영화로 만들려고 보니 더 많은 시련과 사건이 있어야겠구나 싶었다. 다른 작품들도 흥미로웠다. 조선 시대의 마지막 왕녀지만 뉴욕의 초라한 아파트에 살며 고군분투하는 한 어르신에 대한 다큐도 있었고, 고기 예찬론자 아빠와 비건 딸의 끝없는 밥상머리 싸움에 관한 다큐도 있었다. 재미있게 본

영화 〈마이 플레이스〉의 감독인 박문칠 님의 차기작 피칭도 있었다. 하지만 가장 기억에 남는 건 한쪽 눈이 안 보이는 감독의 사적 다큐였는데, 자기 눈을 빼는 장면을 넣었기 때문이다. 으앗.

다음 날 아침, 호텔 로비에서 자기 눈을 뺐던 그가 프로듀서와 나누는 대화를 우연히 엿들었다.

"오늘 마지막 날인데 뭐 해? 1시에 VR 영화 있어서 볼까 하는데 너도 볼래?"

"VR? 나 그런 거 못 볼걸?"

"앗?"

순간 테이블에 앉은 사람들이 그가 한쪽 눈이 안 보인다는 사실을 뒤늦게 깨닫고 하하 웃었다. 이상하게 따뜻해서 하마터면 나도 웃을 뻔했다. 그럼 몇 시간 뒤면 출국인데 뭘 할 거냐는 물음에 홍채를 찍어주는 사진관에 갈 거란다. 영화에 그 장면을 넣을 거라고. 나는 노트북으로 그의 이름을 검색했다.

1998년생, 김영총. 고등학교 시절 청소년 대상 다큐멘터리 제작 워크숍을 듣고 본격적으로 영화를 만들기 위해 자퇴한다. 가장 좋아하는 영화는 사라 폴리의 〈우리가 들려줄 이야기〉.

한창 검색 중인데 어느새 옆으로 다가온 당사자가 말을 건다. "어제 다큐 주인공이죠?" 황급히 인터넷 창을 닫고 태연하게 대화했다. 조용한 사람인 줄 알았는데 시골 강아지처럼 살갑다. 이런 사람들이 다큐를 하나. 그가 고등학생 때 만든 단편 다큐는 돌아가신 아버지 이야기였다. 이번 작품도 같은 소재다. 그는 왜 죽은 아버지를 붙들고 영화를 만들까.

김영총 해소되지 않은 감정이 있어서요.

평범한 회사원이던 아빠는 결혼 5년 차부터 폭음을 시작하더니 회사에 나가지 않았다. 아빠가 주변 아저씨들과 노는 동안 엄마는 과일 가게를 하며 가족을 먹여 살렸고, 집에서 혼자 놀던 어린아이는 칼로 장난을 치다 실수로 눈을 찌른다. 자식이 눈을 다치게 되면서 불화는 심해졌고, 부모님은 결국 이혼한다. 그로부터 4년 후, 알코올 의존증에 빠진 아빠에게 술 좀 그만 먹으라 소리치고 외출 후 돌아오니 아빠는 죽어 있었다.

김영총 그 사건이 있고 가족 모두 일종의 죄책감에 휩싸였어요. 하지만 그에 대해 얘기하지 않았죠. 최대한 그 감정에서 벗어나려 했어요.

그는 다큐멘터리를 찍기 시작했다. 가족의 관계를 회복하고 아버지를 이해하고 싶어서.

김영총 제게 복잡한 문제와 불화들이 존재했고, 가족 내에서 제가 어떤 위치를 잡아야 할 것인가 혼란스러웠어요. 영화로 풀 수 있지 않을까…….

기획 의도를 듣는데 어려웠다. 가족 안에서 왜 위치를 잡아야 하지? 그냥 살면 안 되나?

김영총 저도 그냥 살고 싶은데, 진짜 너무 그냥 살고 싶거든요. 그런데 가족이란 게 복잡하잖아요. 어머니가 저에게 상처주는 행동도 했지만, 애정을 주시고 어떻게든 키워보려고 한 노력이 있고, 누나 같은 경우도 많이 싸우고 부딪히기도 했지만, 어떻게든 서로에게 의지하면서 성장했어요. 그 과정에 있었던 기억들이 소중한데……. 불편한 감정을 해소 못 하다 보니 시간이 지날수록 멀어지는 것 같았어요.

정성은 불편한 감정이 뭔데요?

김영총 아버지 이야기 못 하는 거요. 어머니는 제 눈이 다친 데에 죄책감이 있어요. 자기 자식을 다치게 했다는 것에서 시작해 꼬리에 꼬리를 무는 생각들. 누나도 자신이 더 사랑받을 매력이 없어서 가족의 문제를 조정할 수 없었다고 느끼는 것 같아요. 저 같은 경우도 늘 도망쳤고, 가족이 붕괴된 게 다 나 때문이라고 의식해요. 이런 감정들을 해소하고 다 같이 잘 지내고 싶어요. 친밀한 관계의 회복이 가능할까? 고민이에요.

정성은 쉽지 않은 일을 하시네요. 그런데 외람되지만…… 정신적인 치료와 관계의 회복을 원한다면 함께 병원에 가 심리 상담을 받는 게 맞지 않나요? 카메라를 들고 단편을 만들어 상을 받았는데 장편까지는 만드는 것에는 그것 아닌 다른 어떤 욕망이 더 작용하는 게 아닐까요?

김영총 심리 상담을 가족이 했었는데……. 저는 이게 정신적인 문제이기도 하지만 현실 자체가 변화하지 않으면 소용없는 것 같아요. 저희 아버지도 알코올의존증으로 정신병원에 있으셨는데 해결책은 결국 약물치료였거든요. 병원 치료가 본인에 대한 문제들을 묻어두고 소극적 인간을 만드는 데 집중되어 있다는 느낌을 받았어요. 제가 원하는 건 보다 능동적인 인간이 되어서 본인 삶에 자신을 갖고 스스로 자기 삶을 발화할 수 있는 구성원이 되는 것인데, 그게 정신과 치료로 되는지 잘 모르겠어요. 그래서 카메라를 들이밀고 다큐멘터리를 찍어요. 함께 이야기하고, 엄마와 누나가 뭘 원하는지 말하고 듣는 과정이 트라우마를 극복하고 어머니와 누나가 원하는 삶에 다가갈 수 있게 하는 도구라고 생각해요.

정성은 가족들이 촬영에 동의했나요?

김영총 엄마, 누나 모두 처음엔 싫어했고 여전히 쉽지는 않은데……. 영화 찍기 전에 엄마와 약속을 했어요. 저는 엄마가 불편해 보인다고. 어깨에 무거운 짐이 있는 것처럼 느껴진다고. 영화를 다 만들고 나면 그 짐이 완전히 없어질지는 모르지만 그래도 조금이나마 영화로 엄마를 자유롭게 해주고 싶다고. 누나는 늘 그게 있었어요. 가난한 집에서 태어나다 보니 돈을 벌면 문제가 해결될 거라 믿고 계속 일을 했어요. 그러면서 자기가 진정 하고 싶은 일과 돈을 위해 하는 일 사이에서 늘 힘들어했어요. 그래서 누나에게 말했어요. 누나가 하고 싶은 일을 하고 살아도 된다는 걸 보여주고 싶다. 내가 할 수 있는 선에서 어떻게든 도와주겠다.

자식이 부모 내면의 문제를 해결해주기 위해 카메라를 든다니, 고마운 일이다. 하지만 그게 가능할까?

김영총 극영화는 시나리오를 쓰고 촬영한 결과물로 판가름이 나잖아요. 그런데 다큐는 조작하지 않는 이상 서사를 만들기 위한 시간이 너무 오래 걸려요. 사적 다큐이다 보니 더 힘들었던 것 같아요.

정성은 뭐가 힘들었는지 말해줄 수 있나요?

김영총 사라 폴리의 〈우리가 들려줄 이야기〉를 좋아하는데, 돌아가신 어머니에 대해 알기 위해 가족들을 카메라 앞으로 초대하는 영화예요. 관객으로 봤을 때는 아름답고 매력적이라 생각했는데 직접 당사자가 되니 정신적으로 힘들기도 하고, 누군가가 내 약점을 잡지 않을까? 라는 생각도 했어요.

정성은 약점이요?

그는 혐오스러울 수도 있다며 자신의 눈 사진을 보냈다. 눈동자의 검은 부분이 흐릿했다.

김영총 어렸을 땐 의안을 안 끼고 살았어요. 그러다 보니 따돌림을 받거나 가족 내에서도 불편한 취급을 받게 되는 경우가 많았어요. 지금은 괜찮은데, 아니 사실 괜찮지 않아요. 이제는 누군가가 그런 말을 하진 않겠지만……. 뭐라 해야 하지. 그러니까…… 제 트라우마를 건들면서 공격하는 말을 들을까 걱정돼요. 별로 안 친하고 안 좋아하는 사람이 그러면 상관없는데 연인이나 친한 친구, 가족끼리 싸우다 보면 진짜 듣기 싫은 말 막 하잖아요. 그럴 때…….

인간이 바닥을 드러낼 때가 떠올라서 마음이 아팠다. 그는 이 상처들을 어떻게 치유했을까.

김영총 치유보단 숨겨야 한다는 생각이 많았던 것 같아요. 제가 시각장애인이긴 하지만 학교 다니며 수업 듣는 거엔 큰 문제가 없다 보니 장애인이 아닌 척, 그 세계와 나를 분리하려 했던 것 같아요. 나는 정상인이야, 이런 노력을 많이 했어요. 두 번째는 아버지가 안 계시는 가정이다 보니 어느 정도 불화가 있지만 우리 집안은 행복하고 나도 엄마랑 같이 삼겹살 먹고 외식하고 왔어, 의식적으로 이런 생각을 하려 노력했어요. 그러다 열여덟 살 때 페이스북에서 우연히 저랑 눈이 비슷한 미국인 여성분을 보게 됐어요. 의안을 끼고 계셨는데 눈을 빼는 영상을 유튜브에 찍어서 올리셨더라고요. 거기에 사람들이 진심으로 응원하는 거예요. 그걸 보고 내가 그렇게까지 숨길 필요는 없었구나 싶어 저도 페이스북에 제 눈을 빼는 영상을 찍어서 올렸어요.

정성은 반응이 어땠나요?

김영총 친구들이 많이 응원해주고 격려해줬어요. 그렇게까지 걱정할 필요는 없구나 싶었죠. 아버지도 그런 면에선 도움을 많이 줬고요.

정성은 아버지가요?

김영총 네. 저한테 아버지는 제일 친한 친구였어요. 눈에 대해 전혀 신경을 안 썼거든요. 시선을 맞춰라, 어디를 똑바로 쳐다봐라, 이런 말을 안 하셨어요. 울어도 된다고 했어요. 네 감정을 받아들이라고. 어머니는 반대였죠. 남자니까 울면 안 된다고 했어요. 제 눈에 대해서도 어떻게든 똑바로 시선을 맞추게 하려고 늘 훈련시키고 주의를 주었죠.

있는 그대로를 봐주는 아버지와 자식이 더 나아지길 바라는 어머니. 누가 더 자식을 위하는 마음이었을까. 그 속내를 알 길 없지만, 아들에게는 아빠가 편했다. 그래서 더 궁금했다. 그가 왜 그렇게 무너졌는지.

김영총 저도 궁금해요. 무엇이 아빠를 그토록 힘들게 했을까.

하지만 죽은 사람의 마음을 어떻게 알아낼 것인가.

김영총 그래서 미치겠어요. 일기장 몇 장으로 죽은 사람 마음을 어떻게 알지?

풀 수 없는 문제에 매달리는 사람처럼 느껴졌다. 마치 달에 가고 싶어 하는…… 아니, 근데 달에는 갈 수 있잖아!

김영총 알 수 없으니까 남아 있는 사람들과 관계성에 더 집중하는 것 같아요.

정성은 극영화로 만들 생각은 없나요?

김영총 어릴 때 그런 생각 많이 했거든요. 드라마 보면 희망찬 얘기들이 많은데, 보면서 의심이 많았어요. 저거는 영화니까, 저거는 방송이니까. 다 주작이다.

정성은 왜 의심했죠?

김영총 저는 밥도 잘 못 먹고 챙겨주는 사람도 없었으니까. 부모님 이혼하고 저는 아빠랑 살았거든요. 아버지가 술을 정말 많이 드시는 주간이 있어요. 2주 루틴인데, 2주는 폐인이고 2주는 정상으로 돌아가려는 주간이에요. 그 2주가 너무 좋았죠. 하지만 또 술에 빠지는 2주가 시작되면 못 버티겠는 거죠. 절망감이 심했지만, 어린아이다 보니 아무것도 할 수 없었어요.

정성은 정말 힘들었겠어요. 그때 감정을 구체적으로 기억하나요?

김영총 그냥 멍하니 티브이를 보는 것 같았어요. 흘러가는 강물이나 구름을 바라보듯. 제가 이창동 감독님 영화를 좋아하는데 주인공들이 다 비극에서 희망을 찾아요. 〈버닝〉을 제외한 영화들에는 공통점이 있는데, 주인공이 비극적인 감정을 겪다가 절정에 이르러서 그 사람을 계속 지켜보던 누군가에 의해 희망을 발견한다는 거예요. 저는 그게 우리 가족이 되었으면 좋겠거든요.

정성은 정말 그렇네요. 〈밀양〉도 그렇고.

김영총 〈시〉도 그렇죠. 손자를 경찰에 신고해버리면서 희망이 생기는 거잖아요. 인간으로서 존중할 수 없는 내 자식의 한 부분에 대해 분명하게 행동하는 것이 오히려 희망이라고 생각해요. 저도 희망을 발견하고 싶은데, 그게 픽션 아닌 다큐멘터리면 좋겠어요. 그렇게 해야 저같이 의심 많고 힘든 아이들이 봤을 때 용기의 근거가 되어줄 것 같아요.

정성은 아름다워요. 그런데 다큐멘터리도 결국 편집에 의해 만들어지는 이야기인 거, 알 만한 사람은 알잖아요.

김영총 그렇죠. 그래도 어쨌든 현실이라는 질료가 있으니까. 흠…… 역시나 극영화로 가야 하는 걸까요?

정성은 아니요, 꼭 다큐로 만들어주세요.

김영총 포기하지 않고 끝까지 할 거예요. 결과가 조금 마음에 안 들 수는 있겠지만.

정성은 왜 포기하지 않을 거라 장담하죠? 포기할 수도 있죠.

김영총 제가 포기를 많이 해봤는데 결국에 다시 돌아오게 되더라고요. 방법이 이것밖에 없다고 생각해서.

마지막으로 그에게 꿈을 물었다.

정성은 본인이 바라는 미래는 어떤 거예요? 우리 다 미래가 안 그려지긴 하지만, 예감하는 미래와 꿈꾸는 미래는 다를 것 같아요.

김영총 음, 저는…… 적당히 잘사는 중산층이요.

정성은 근데 다큐 영화로 적당히 잘사는 중산층 되려면 쉽지 않을 것 같은데요.

김영총 맞아요. 그래서 올해 공대 입학했어요.

그는 뒤늦게 대학에 입학했다. 영화를 하고 싶어 고등학교를 자퇴하고 크고 작은 성취를 이뤘지만, 영화 관련 일거리가 끊기는 걸 보며 불안할 수밖에 없었다.

김영총 제 영화 제목이 〈보통 사람들〉입니다. 보통 사람이 되는 게 어렵다는 걸 알아요. 중산층이 뭐겠어요. 아침에 눈 뜨면 걱정 없고, 내가 좋아하는 사람들과 맛있는 거 먹으며 사는 거죠. 저도 야망이 클 때는 유명한 사람이 되어서 대중에게 정서적 지지 같은 걸 받고 싶었어요. 근데, 그게 아니란 걸 알았어요.

정성은 잠시만, 유명한 사람이 될 수도 있는 거잖아요. 왜 벌써 접어요?

김영총 그냥 저희 아빠 같은, 친구 같은 사람이 되고 싶어요. 제가 아버지로서의 아빠는 되게 싫어하는데 친구로서는 좋아해요.

정성은 저는 아빠를 아버지로서 좋아하지 친구로서는 잘 모르겠는데…….

김영총 그게 섞여야 하는 건가 봐요.

정성은 그래서 본인이 꿈꾸는 미래가 뭐라고요?

김영총 아침에 눈 떠지는 게 조금 설렜으면 좋겠어요. 그런 거 있잖아요. 아, 오늘도 평온하구나.

하지만 이야기의 주인공이 되려면 평온해서만은 안 된다. 굴곡 없는 이야기에 매료되기는 쉽지 않으니까. 그 과정이 너무 힘들지 않기를. 그렇게 중산층이 되어 걱정 없는 아침을 맞이할 수 있기를.

지금 너무 좋다

연인 셀렘과 도해(모두 가명)

삶은 관성의 법칙을 따른다. 외부에서 강력한 힘이 가해지지 않는 한 현재 상태를 유지하려 한다. 하지만 어느 날 예상치 못한 타인을 만나고, 통제하지 못하는 감정을 갖게 되면서 지각변동은 시작된다. 경로 이탈은 위험신호지만 무엇을 중요히 여기냐에 따라 안전한 선택이 되기도 한다.

여기 사랑에 빠진 두 여자가 있다. 의도치 않게 둘을 소개시켜주며 가까이서 지켜볼 기회를 얻은 나는 이 사랑을 기록해보려 한다. 한 명은 나의 운동 선생님 도해고, 한 명은 나의 이혼 담당 변호사 셀렘이다(아직 결혼은 안 했지만 미래를 대비해 고용해두었다).

2년 동안 운동을 배우면서 지켜본 도해는 사랑에 능해 보였다. 하지만 연애를 안 하겠다는 말을 입에 달고 살았다. 인생을 연애에 소진했는데 남는 건 고통뿐이어서, 이 에너지를 다른 데 쏟았으면 어땠을까 하는 생각의 결과였다. 처음에는 그 말을 믿지 않았지만 시간이 흐를수록 진심임을 알게 됐고, 그리하여 그가 점점 나와 닮아감을 느꼈다. 사랑에 깊이 빠지지 않는 사람 특유의 맑은 기운이랄까. 그런데 그가 사랑에 빠졌다.

도해　사실 회사원을 만나고 싶진 않았어요. 회사원이라는 삶을 선택한 것 자체가 나랑 맞지 않는다 생각했거든요. 아무리 신나는 업이라도 나인 투 식스에 맞춰 산다는 것 자체가, 영혼의 억압을 인정한 거라 생각했어요. 물론 그게 다는 아니지만 저는 좀더 대안적이고, 결함이 있는 사람에게 끌렸거든요. 그런데 셀렘은 서류상으로는 너무 전형적인 엘리트니까.

그런데 대체 어떻게 사랑에 빠졌느냐 말이다.

도해　첫 만남에서 여럿이 함께 얘기하는데 셀렘이 눈을 반짝이며 저에게 유독 많은 질문을 던졌어요. 나를 간파하려는 듯이. 그래서 더 적극적으로 눈을 안 마주쳤죠.

정성은　왜요?

도해　이 사람이 벌써 나에게 호감을 느끼는 것 같으니까. 여기에 응하면 나도 빠져들 것 같았어요. 이 사람이 여자를 만나는지 남자를 만나는지, 단순한 인간적인 호감일지도 모르는데 괜히 이 사람과의 가능성을 상상했다가 상처받고 싶지 않았어요. 그래서 더욱 외면했죠.

당시 도해는 가볍게 두어 번 만난 사람이 있었는데, 그와 데이트를 하며 더욱 확신했다. 셀렘을 만나야겠다고. 메시지를 보냈다. 네가 궁금하고, 매력적이라 느꼈고, 더 알고 싶다고.

도해 사랑을 안 하겠다고 말하고 다닌 이유는, 깊은 사랑이 끝난 뒤 자기 성찰의 시간 없이 연이어 감행한 연애들로부터 온 허무함 때문인데요. 연애는 사랑에 완전히 젖었을 때의 느낌으로 복귀하고자 하는 몸짓이었지만 사랑할 수 없는 사람과는 결국 실패한다는 걸 깨달았어요. 저는 성향이 너무 다른 사람들이 사랑으로 그 차이를 극복하는 스토리는 안 믿어요. 애당초에 잘 맞는 성질의 사람이 있다 생각하고요. 100퍼센트 맞는 사람을 만나지 못할 바에는 차라리 고독해지자고 생각했어요. 그게 제게는 정화의 시간이 되어주었는데, 그 흐름을 깬 게 셀렘이었어요. 저는 셀렘이 제가 기다려온 사람이라고 생각해요. 이 사람도 저처럼 사랑이 제일 중요한 사람이거든요.

정성은 사랑이 제일 중요한 삶은 어때요?

도해 괴로워요.

정성은 그럼 지금 괴로워요?

도해 지금은 즐거움이 더 커요. 사랑하면서도 괴로워하는 제 감정에 셀렘은 적극적으로 대응해주는 사람이에요. 나의 불안을 잠재워주고 다스려주죠. 서로 마음 편하게 해주는 방식을 본능적으로 알아요. 우리는 다른 삶을 살아왔지만 도달한 결론이 같다는 얘기를 셀렘이 가끔 해요. 이미 가치관이 맞춰진 상태로 만나는 편안함은 놀랍고요. 설사 함께 삶을 꾸려 나가며 조정할 부분들이 생긴다고 해도 셀렘과는 함께 결론에 도달할 자신 있어요. 지금 제 마음 상태는 셀렘보다 좋은 사람은 없을 것 같다는 것이고 아마 셀렘도 그렇게 느낄 거예요.

정성은 하지만 먼 미래에 헤어져서 이 글을 다시 보면 어떨 것 같아요?

도해 그럴 일은 없을 거예요.

정성은 감정이란 어느 순간에 나타났다가 사라지는 건데.

도해 우리 모두 사랑의 생성과 발전 과정을 잘 이해하고 있어요. 처음의 불같음이 없어진다고 사랑이 없어지는 건 아니라는 걸 알아요.

정성은 사랑의 성질 중엔 어떤 게 제일 좋아요?

도해 나를 이해해주고, 궁금해하고, 뭘 해도 사랑스럽게 봐주는 사람이 있다는 거. 원래 저는 불완전함을 드러내는 걸 싫어하는 성격인데 이게 심리학적으로도 안 좋대요. 자신의 도덕적 무결성과 완전함에 기대는 사람은 한 번에 무너지기 쉬우니까. 그런데 내가 어떤 모습을 보여도 지지해주는 사람을 만났어요. 매일 셀렘과 서로 고맙다고 얘기해요. 뭐가 고마워? 물으면 그냥 모든 게 다, 라고 얘기하죠. 조건부 사랑에 나를 시달리지 않게 해주는 게 고마운 것 같아요. 부모가 자식에게 주는 사랑을 서로에게 주고 있는 느낌이랄까.

*

그럼 이제 셀렘의 이야기로 넘어가볼까. 사실 이들의 사랑 이야기를 써야지 생각한 이유는 셀렘 때문이다. 남자를 사랑했던 여자가 처음 여자친구를 사귀고, 그 사랑을 여기저기 알리는 모습이 흥미로웠다.

셀렘 저에겐 사랑 속에서의 고민이 중요했지 사람들의 시선은 실존적인 문제로 다가오지 않았어요. 인스타그램에 연애를 공개한 이유도 애인이 사랑스러워서였고, 그 외에 굳이 이유를 덧붙이자면 여자들이 사귀는 걸 사람들에게 자연스럽게 보여주고 싶어서? 못 보여주는 사람들도 많으니까요.

셀렘와 같은 로펌에 다녔던 동료도 셀렘이라면 놀랍지 않은 행동이라 했다.

셀렘 주변 눈치를 보지 않는 건 타고난 기질이에요. 제가 처한 사회경제적 여건도 한몫하고요. 누가 절 어떻게 보는지에 따라 밥줄이 좌우되지는 않다 보니 독립적일 수 있어요. 무엇보다 제 인생의 테마는 사랑이고, 그게 제 가치체계의 최상위에 있으니까.

정성은 사랑을 주고받은 기억이 많나요? 인생에서 사랑이 1순위라고 자신 있게 말하는 모습이 부러워요. 사랑은 그저 호르몬일 수도 있고, 결혼으로 이어지지 않으면 그 시간을 후회하는 사람들도 많은데.

셀렘 저는 사랑을 하면서 많이 성장하고 변화했던 것 같아요. 그럴 수밖에 없는 게, 상대를 이해해야 하니까요. 그냥 지나치는 사람이면 끝까지 이해할 필요가 없는데, 사랑 속의 관계에서는 어중간하게 넘어가서는 제 마음의 서운함이나 슬픔이 가시질 않더라고요. 이 사람의 끝까지 들어가 이해하고 나서야 다음 단계로 넘어갈 수 있다 보니 사람을 대하는 그릇이 전보다는 넓어진 것 같아요. 말하다 보니 그보다 더 중요한 게 있네요.

정성은 뭔데요?

셀렘 저를 돌아보게 만들었다는 거. 스스로 해결하지 못한 과제나 콤플렉스가 있으면 관계를 망가뜨리게 돼요.

정성은 사랑이 당신의 어떤 점을 돌아보게 했나요?

셀렘 자신 없을 때가 많아요. 콤플렉스가 많다 보니 관계 속에서 상대를 과도하게 이상화해서 스스로를 작게 보거나, 상대가 딱히 상처 주는 말을 한 게 아닌데도 혼자 열등감에 종종 괴로워했어요. 그때 느꼈죠. 내가 이 상태에 머물러 있으면 상대도 괴롭게 하는구나. 안 되겠다. 내 문제를 인식하고 고치려 노력해야겠다. 그렇게 사랑을 하면서 균형 잡힌 사람이 되기 위해 노력했던 것 같아요. 하지만 여전히 현재진행형인 저의 과제예요.

사랑을 예찬하는 사람 앞에서, 아직 내 문제를 해결 못 한 사람은 동경하는 마음 반 의심하는 마음 반 캐묻는다. 그래도 후회한 적 없냐고. 나는 사랑이 끝날 때마다 왜 저런 사람을 좋아했지 싶을 때가 많은 속 좁은 사람이라서.

셀렘 물론 아까운 사람도 많죠. 내가 이 사람을 위해 왜 그렇게까지 노력했지? 하지만 상대가 부족할수록 제가 상대를 이해하기 위해 들였던 노력이 깊은 거니까, 더 깊은 사랑을 길어 올린 거니까, 저에게는 의미 있던 시간이라 생각해요. 하지만 저도 세월이 흐르면서 변하는 것 같아요.

정성은 어떻게 변했어요?

셀렘 예전에는 상대가 누군지 크게 상관없었어요. 누구든 좋은 점을 발견할 수 있고, 조금만 매료되어도 내가 그 사람을 한없이 아름답게 볼 수 있었으니까. 그런데 연애하고 또 상처받으면서, 내가 사랑이 많은 사람이란 걸 깨닫고 난 후에는 그 사랑을 줄 만한 가치가 있는 사람을 만나고 싶어졌어요. 그런데 이 친구는 사람으로서 너무 보고 있기 좋고, 자랑스럽고, 곁에서 좋은 영향을 받을 수 있다는 게 좋아요. 무엇보다 내가 이 사람을 견디기 위해 애쓸 필요가 없다는 점이 가장 좋은 것 같아요. 원래 저는 저를 사랑하면서도 싫어했거든요. 내 마음이 클 때는 그 사실이 느끼하기도 했어요. 그런데 도해와 있을 땐 한 번도 그런 제 모습을 혐오하지 않고 되레 긍정하게 되었어요. 도해는 사랑의 모든 모양을 세세하게 읽어내고 있는 그대로의 제 모습을 사랑스럽게 받아들여주니까. 그래서 자유롭고, 편안하고. 내 모습 그대로 있을 수 있어서 좋아요. 그리고 저는 헤테로로 살다가 처음 여자를 만나본 거잖아요. 아직 제 성적지향을 어떻게 규정해야 할지는 모르겠어요. 지금은 그에게 빠져 있고, 경험적인 사실을 기준으로 했을 때는 바이섹슈얼이지만, 어느 시점부터 여자만 사랑하는 사람으로 살 것 같은데…….

지금까지 저는 남자가 여자를 어떻게 볼지, 이성애에서 나는 어떻게 보일지 너무 많이 생각하면서 살았던 것 같아요. 남성은 여성의 이런 점을 더 사랑하고, 이런 모습은 어려워하고, 진정으로 자신과 동등하기를 두려워하고……. 그런 통념에 나를 많이 가뒀던 것 같아요. 그를 기죽이지 않으려 하고. 그에게 있는 그대로 나를 보여주는 게 힘들고, 설령 나를 다 보여준다고 해도, 이 사람이 내가 보여주려고 하는 모습을 정확하게 이해하고 있나, 의문이 있었어요.

그런데 우리는 같은 여자고, 여자로서 일생을 살아오면서 미세하게 경험해온 것들이 같으니, 통번역의 오류 없이 내가 생각하는 게 그대로 전달되는 경험을 매번 해요. 이렇게 깊은 차원의 이해를 남자와는 해본 적이 없어요. 제가 그동안 남자들에게 갈망했던 것은 완전한 이해와 소통이었어요. 그런 남자를 아직 못 만난 거라 생각했는데, 어쩌면 내가 존재할 수 없는 걸 찾았던 게 아닐까 하는 생각이 들어요. 물론 그런 사랑을 찾은 사람도 있겠지만, 적어도 제 세상과 제 경험 안에서는.

최근에 《부모와 다른 아이들》이라는 책을 재밌게 읽었는데, 거기서 각 챕터 별로 장애를 가진 아이의 부모 얘기가 나와요. 거기서 여러 번 나온 이야기가 소인은 소인을 사랑하게 되고, 난청인은 난청인을 사랑하게 된대요. 말하지 않아도 이해되는 경험이 있고, 그 관계 속에서 진정으로 자유로울 수 있으니까. 그 챕터를 읽으면서 여자가 여자를 사랑하는 것도, 완전한 이해에 대한 갈망과 연관되어 있지 않을까 하는 생각이 들어요. 지금 저는 깊은 차원에서 연결된 충만함을 느껴요.

지금까진 나의 질문과 인터뷰이의 답이 적절히 이어지게끔 노력했지만, 셀렘의 쏟아지는 이야기에는 끼어들 틈이 없었다. 그저 듣고 감탄할 뿐. 마지막으로 우린 사랑을 운동에 비유해보기로 했다.

셀렘 저는 현재만 생각하는 게 좋은 삶이란 생각을 해요. 미래에 대한 불안이나 과거에 대한 미련 없이. 특히 운동하는 순간만은 그럴 수 있는 것 같아요. 몸을 움직이니까 어쩔 수 없이 현재에만 몰입하게 되죠. 설령 추상적이고 쓸모없는 상념에 젖더라도 지나칠 수 있죠. 몰입 상태에 있는 삶의 한 단면을 운동으로 경험할 수 있어 좋아요. 하루 24시간 운동하는 순간처럼 채울 수 있다면, 얼마나 풍요롭겠어요.

좋은 사랑은 운동을 하는 마음 자세로 하는 게 아닐까 싶어요. 사랑 때문에 괴로워하고 짓눌리는 이유가 현재에 몰입하지 못하기 때문이잖아요. 저는 어릴 때 사랑이 영원할 수 있을까? 이 좋은 순간이 끝났을 때 나는 얼마나 큰 상실감을 느낄까? 상상하며 사랑 속에 있으면서도 미래에 대한 불안 때문에 그 사랑을 밀어냈었어요. 이건 곧 사라질 거니까 여기에 나를 너무 내주지 마. 그렇게 마음이 늘 미래나 과거에 있어서 괴로웠는데, 그렇게 안 하고 달리기하는 산뜻한 마음으로, 아 지금 너무 좋다. 보고 싶다. 저 사람 이해하고 싶다. 이런 마음들에 집중하면 좋을 것 같아요.

이 인터뷰 원고에 '내 사랑의 태세 전환이 이루어지는 순간'이라는 제목을 붙였었다. 이 글의 주인공과 잘 어울리는 문구라 생각했다. 하지만 글을 마칠 때가 되어서야 느낀다. 어쩌면 그건 나를 위한 제목이었다고.

에필로그

진짜로 궁금한 건

누군가와 깊이 나눈 대화는 마음속에 남아, 위기의 순간마다 나를 구했다. 어쩌면 이 책은 인터뷰를 빙자한 절규 모음집일지도 모른다. 내 안에 풀리지 않은 문제들을 사람들에게 묻고 다녔으니까. 그렇게 구한 지혜들로 나는 세상을 좀더 사랑하게 되었다. 사람들을 덜 판단하게 되었다. 모르는 사람의 그늘을 헤아리고 싶어졌다.

잘 알지도 못하는 사람에게 마음속 깊은 이야기를 들려준 사람들에게 감사하다. 이 책을 기획하고, 편집한 서효인, 이정미 님께도 감사하다. 낯선 사람에게 말 거는 방법을 가르쳐준 엄마에게도 감사하다. 엄마는 길 가는 처자를 붙잡고 "쓰고 계신 안경이 참 멋진데 어디서 사셨어요?" 물은 뒤 브랜드명을 적어 와 같은 걸 사는 사람이다. 상대가 들었을 때 기분 좋을 말이면 처음 보는 사람에게 해도 된다는 걸 그녀에게서 배운 후로 나는 좋은 얘기는 꼭 해주는 사람이 되었다. 덕분에 이런 책도 쓰게 되었다.

처음 보는 사람 앞에서 내가 보이는, 열려 있고 판단하지 않고 뭐든 좋게 보려는 태도는 인터뷰 작업을 가능하게 만들었지만, 정작 가까운 사람에게는 그러하지 못할 때가 많았다. 선택적으로 발휘되는 공감 능력인 게 분명하다. 다행히도 공감은 배울 수 있다고 한다. 그럴 수도 있겠네, 그랬구나, 내가 잘 몰랐네, 노력할게. 앞으로도 이런 말들을 진심으로 할 수 있게 되면 좋겠다.

마지막으로 어떤 분들이 이 책을 읽는지 궁금하다. 궁금한 건, 당!신!

2023년 6월

정성은